物語る

千原ジュニア
樋口卓治

講談社

目次

ブックデザイン　小口翔平＋畑中茜（tobufune）

物語る

張り込み

垂れ込みがあったのは数日前だった。住宅街にある児童公園でクスリの売買が行われているという。普通、クスリの売買といえば、夜のクラブ、ネオン街の路地裏など人混《ひとご》みと喧騒《けんそう》に溶け込むように行われる。木を森に隠すように、似た者同士が群がる場所の方が目立たないものだ。しかし、今回は公園だ。都民の憩いの場で白昼堂々、売買をするなんていい度胸だ。絶対に捕まえてやると吉岡《よしおか》は言った。

公園の目の前にある安アパートの二階に空きがあったので、そこを張り込みの場所とした。

まだ午前中だというのに温度計は三十度に達していた。

蒸し風呂《むぶろ》のような湿気《しっけ》が覆《おお》っている。クーラーがない部屋は拷問だ。押し入れにあった昭和のドラマに出てきそうな扇風機が唯一、温度を下げる手立てだ。

下着姿の吉岡と熊田《くまだ》は丁度、生ぬるいスイカを食べ終わったところだった。

吉岡は左手でタバコを挟み、右手で団扇《うちわ》をミツバチの羽ばたきのように扇《あお》ぐが、吹く風は生ぬるく、上腕二頭筋に乳酸が溜《た》まるだけだ。身体《からだ》の至る所から流れる汗。もう拭《ぬぐ》うのを諦《あきら》めた。タバコをスイカの皮で消すと、嫌な臭《にお》いが立ち込めた。

熊田は出窓の手摺《てす》りに肘《ひじ》を置き、外を眺《なが》めていた。幸いにも手摺りは木製だったのでさほど熱くはなかった。これが金属なら手を置くこともできない熱さだろう。

下着姿ではあるが、一応これは任務である。

吉岡は五十を超えたベテランで、熊田は三十手前の刑事である。

映画『砂の器』に出てくる二人の刑事も同じような年恰好《としかっこう》だったなと吉岡は思っていた。確か公開は一九七四年で、ベテラン刑事は丹波哲郎《たんばてつろう》、若い刑事は森田健作《もりたけんさく》が演じていたはずだ。吉岡はスマホで調べた。やはり合っていた。

張り込みを始めて一日が過ぎ、暑さでとっくに緊張感はうせていた。

公園には赤いタコの滑《すべ》り台《だい》があり、こどもたちが遊んでいる。木陰《こかげ》にあるベンチに老人が座っている。さっきからじっと動かないままだ。その様子をハトが首を傾《かし》げながら見ていた。こんな長閑《のどか》なところで犯罪など起きる気がしない。

公園の横にコインパーキングがある。白線の枠内に数台の車が停《と》まっているがまだ空きはあった。看板に十分五百円と書いてある。たった十分停めるだけで五百円も取られる。東京のコインパーキングは恐ろしく高い。田舎《いなか》出身の熊田には信じがたい事実だった。

熊田は畳に肘をつき横になっている吉岡に話しかけた。

「なんであんなにバカ高いんでしょうね」

「もっと驚かせてやろうか。十分五百円ってことは十一分で千円ってことだからな」

「マジか」と熊田は驚いた声を上げた。

吉岡はフンと鼻で笑うと起き上がりあぐらをかいた。

「ドイツの選挙で、あることをしたら投票率が上がった。一体何をしたでしょう？」

熊田は「また始まった」と思った。吉岡のクイズの時間である。昨晩、あまりにも暇なので、ウンチクをクイズ仕立てで出題し暇をつぶしていた。もっぱら出題者は吉岡で、答えるのは熊田だった。吉岡いわくクイズを考えるのも推理の一環だそうである。知識がなければ答えられないクイズと違い、ウンチククイズは「思考を重ねれば」辿《たど》り着《つ》く。それが刑事には役に立つと言った。

Q　ドイツの選挙で、あることをしたら投票率が上がった。一体何をしたでしょう？

「えー、なんですかね」

熊田は思考した。そして、二つの答えが浮かんだ。最初の答えは投票に行かないと罰金を取られるといった罰系だ。罰金を取られたくないので投票に行き、したがって投票率が上がるというものだ。しかし、そんな強制的なことに国民は反発せずに従うだろうか。

もうひとつの答えはご褒美《ほうび》系だ。投票に行くとなにかもらえる。献血するとジュースがもらえるといった類《たぐい》だ。しかし、今時ジュース欲しさに投票に行くだろうか。最初の答えでもうひとつの答えを打ち消したが、それにも疑念が湧《わ》いてきた。推理するとはこういうことだ。捜査で浮かんだ推理の源泉や根拠を考えていく。同時にそれと反対の推理をして、どちらが理にかなっているか検証を繰り返し、推理を鍛《きた》える。そうやって真相ににじりよる。熊田は最初の答えも、もうひとつの答えも気に入らなかった。投票率を上げるいいアイデアには思えない。自分だったら投票へ行く気にならない。ましてや吉岡がそんな納得のいかない問題を出題するはずがない。そこで浮かんだのはドイツ人の気質に関係があるのではないかということだった。ドイツ人といえば、時間厳守、倹約家、勤勉、意識が高い、論理的などをイメージする。だとしたら、きっと恥をかくのが嫌に違いない。熊田は納得のいく答えを思いついた。

「わかりました。投票に行かないと、ネットに顔を晒《さら》される。これどうですか?」

吉岡は「ブッブー」と野太い声で言った。

「正解は、普段は入れない場所に投票箱を設置した」

たとえばサッカーのフィールドや、劇場の楽屋に投票箱を設置することだそうだ。

確かにサッカー好きであれば、ブンデスリーガのフィールドに入ってみたい。音楽好きであればマエストロの楽屋を覗《のぞ》いてみたい。そんな人間心理をうまくついたアイデアだ。

「日本の選挙の場合、どこに投票箱を置くと投票率が上がると思う？」

ここからは応用クイズの時間だった。

熊田は、テレビ局の楽屋、大相撲《おおずもう》の土俵、歌舞伎《かぶき》の舞台、皇居、銀行の金庫など考えつく応用を言った。

「まあいいだろう」

次に吉岡が出題したのは次のようなものだった。

Q　次に挙げるのはどんな人（誰）でしょう？

ある人物の印象を言うので、その人物がどんな仕事で、どんな人物（誰）かを言い当てろというのだ。

歳《とし》のころは五十代、学歴は中卒、職業は肉体を使う仕事。同年代はとっくに管理職。

しかしその人物の同僚は十代、二十代の若者。その人物は未《いま》だ若者に混じって汗をかいて働いている。

熊田はそれを聞いてどんな人物かを想像した。中年、中卒、未だ肉体労働。先入観によって人物像が作られていった。熊田の頭の中に浮かんだのは、額に汗して働く日雇いの中年だった。

無論、答えはそうではないと気づいていた。吉岡は先入観を意識させるよう仕向けている。しかし熊田は中年の日雇い労働者以外、想像できないでいた。

吉岡がわざと誘導しているのはわかったが、答えがわからない。思い込みが推理の邪魔をしていた。学歴や出身地が先入観となり相手の印象を決めつけてしまう。刑事がもっとも持ってはいけないものが先入観だと吉岡は言いたいかのようだ。

吉岡は首を左右に回している、きっと正解を早く言いたいのだ。

「うーん、降参です」と熊田は頭を下げた。

吉岡はニヤリと笑い言った。

答えは三浦知良《みうらかずよし》、キングカズだった。現在五十七歳。高校を中退してブラジルへ単身で渡航。Jリーグ発足からサッカー選手として活躍。同期たちが引退しても、今も尚《なお》、若い選手に混じってプレイしている。

熊田は見事に引っ掛かった。先入観が邪魔をしてそれと違う人物像は浮かび上がらなかった。

思い込みが真実を深い霧のように遮《さえぎ》ることになる。

クスリの売買イコールネオン街という先入観を捨てよう。もはや売人の間では長閑《のどか》な日常で、取引をするのが新たな常識なのかもしれない。タトゥー＝不良の証《あかし》という思い込み。それが徐々にファッションへと常識を変化させているように、時代と共に常識がうつろう。

「先入観ってどうすれば持たずにいられるんですかね」

「先入観を持っていないという先入観を捨てることだ」


吉岡がクイズを出すのはアイドリング状態を保つためでもあった。売買が行われない限り張り込みはただ待つしかない。時間が経《た》つにつれ、緊張感は緩《ゆる》み、思考力は失われる。エンジンが停止した状態だ。観察力もなくなり、一瞬のやりとりを見逃してしまう可能性もある。そうならぬようにせめて頭だけでも何かを考え事件が起きたら即対応できるようにする。それと、少しだけ暑さが紛れた。

先入観という言葉から、吉岡は『砂の器』の内容を思い出していた。

映画でもベテランと若手の二人の刑事は考え続け、推理を働かせ真相に近づいていく。

ある日、線路で男の殺害死体が発見された。前日の深夜、駅近くのバーで、被害者と連れの客が話しこんでいたことが判明する。被害者のほうは東北訛《なま》りで話し、また二人はしきりと「カメダ」の名前を話題にしていたという。ベテラン刑事は、秋田県に「羽後亀田《うごかめだ》」の駅名があることに気づく。ベテラン刑事は若手刑事と共に周辺の調査に赴く。しかし調査の結果は芳《かんば》しいものではなかった。

殺人事件の捜査は行き詰まっていた。

刑事は、被害者が東北弁を使っていたという先入観から、東北の地名ばかり調べていたが、被害者は岡山《おかやま》県出身だと判明した。専門家の示唆《しさ》を受け、実は出雲《いずも》地方は東北地方と似た方言を使用する地域であることを知り、島根県の地図から「亀嵩《かめだけ》」の駅名を発見する。事件の真相に近づけたのは考え続けた賜物《たまもの》だった。

「フランス料理の三國《みくに》シェフが、フランスで修業していたころの話だ。暑い夏の日、みんな、暑さでバテていた。そこで、三國シェフはまかないでそうめんを出した。しかし、これが大不評だった。『俺たちフランス人は暑い日こそバターと生クリームがたっぷり入ったメシを食って乗り越えるんだ』と怒鳴《どな》られた。暑い夏はそうめんという日本人の先入観だったんだ。まあ、俺は絶対そうめん派だがな」

「よくそんなウンチクがポンポン出てきますね」と熊田は感心した。

吉岡のウンチクはまだ続いた。

「現金の落とし物は東京都内で年間幾らだと思う?」

熊田は数字を問われるクイズが苦手だった。答えを予想するだけではなく、気を遣うのが嫌だった。当てずっぽうで言った答えが近似値だと、「惜しい」と言われ、そこから正解に寄せるのが面倒だ。また答えより遥《はる》かに遠い数字を言うと、近似値のスリルが薄れ出題者がおもしろくない顔をする。数字クイズは気遣いでしかなかった。

「うーん、東京の人口が千四百万人として、都民全員が百円落としたとして……」自分でも訳のわからない数式だとわかりながら、「十四億！」と言ってみた。頼む、せめて正解より下回っていてくれ。

「正解は四十四億」

吉岡は出題者として、満足そうに微笑んだ。

「そんなに現金が落ちているんですか、すごいですね」

「すごいのは、四十四億も届けられているってことだよ」

「なるほど、拾って届けないやつもいますもんね」

「そこから落とし主に戻った額が三十二億、落とし主が現れず拾い主の物になった額が五億」

「四十四億のうち、落とし主に三十二億、拾い主に五億……、残りはどこいったんですか？」

「拾い主が辞退した額だけで七億なんだ」

「ネコババするどころか、拾って、届けて、辞退するなんて」

「つくづく平和な国だよ、この国は。今時のカフェだって、店員が、『先にお席を取ってください』って言うよな。客は素直にカバンを置いて席を取る。あんなの外国なら、盗んでくださいって言っているようなもんだ。でも盗まれたりしない」

吉岡は現金の拾得物のウンチクで日本人の平和ボケを伝えたかったようだ。

午後は吉岡が窓側で張り込みを担当した。熊田は流し台で食器を洗っていた。

「おい、あれ見てみろ」

吉岡が指をさして言った。熊田が水道を止め窓に駆け寄る。吉岡の指の先にはベビーカーが一台停まっていた。

ベビーカーはコインパーキングの白線の隣にあった。

「あれを見て、何が起きたのか推理してみろ」

熊田はベビーカーを見つめ想像した。今から数十分前、母親がベビーカーにこどもを乗せて現場にやってきた。母親はまずこどもをベビーカーから車のチャイルドシートに移した。その後、料金を支払い、車に乗り込み、ベビーカーを積むのを忘れてそのまま走り去った。

熊田がそう言うと、「俺も、そう推理した」と吉岡が言い、「そそっかしいやつもいるもんだ。気がついて慌てて取りにくるんだろうな」と笑った。

「現金を届けるみたいにベビーカーを交番に届ける人いるんですかね」

「そんなやつはいねーよ」二人は笑った。

しばしば道ゆく人がベビーカーの横を通った。一瞥《いちべつ》もくれず通り過ぎる人がほとんどだったが、中には覗《のぞ》き込《こ》んだりする者もいた。スマホで写真を撮る者もいた。誰かが積み忘れたベビーカーをSNSにでも投稿するのだろう。

道ゆく人は誰ひとりベビーカーに触れることはなかった。そのまま持ち去る者もいなかった。落とし主が現れるまで、ベビーカーはそのままだろう。拾ったお金が四十四億円届けられるのと同様、日本は平和な国であった。


吉岡がトイレに入っているとき、コインパーキングの前で白い軽自動車が停まった。

「吉岡さん、ベビーカーの落とし主が来ましたよ」

「どんな間抜け顔かよく見ておけ」

トイレから吉岡の声がした。

「派手なジャージ着た男でした」

「なんだ若い父親だったのかよ」とトイレから笑い声が聞こえた。

「ベビーカーを後ろに積んで出ていきました」

その直後、「しまった！」と叫び声が聞こえ、吉岡が飛び出してきた。

「そいつが犯人だ！」

「えっ⁉」

「バカヤロー、車種は？　ナンバーは見たか？」

「いいえ……」

「あのベビーカーにブツが入っていて、取引してたんだ」

「金の受け渡しは？」

「そんなもん、振り込みでもできるだろ。クソー」

吉岡は両手で手摺りを揺らし、窓の外を睨《にら》んだ。ベビーカーと共に車が去った。犯行現場の光景は変わらなかった。相変わらず、こどもたちは滑り台で遊び、ベンチの老人はじっと動かずにいる。ハトはそれを首を傾げ見ていた。次に取引が行われるのはいつなんだろう。それまで張り込みは続くのだろうか。それにしても暑い。吉岡の額に今にも流れ落ちそうな汗が水滴となって溜まっている。熊田はそれをぼんやりと見ながら、次のクイズを待っていた。

走れ、丈男！

旧暦の一月三日、夕方六時。ある島で年に一度の奇祭が行われる。

奇祭と呼ばれる所以《ゆえん》はこうである。

まず夕方六時になると島中の電灯が消される。家庭の電気も、商店の灯《あか》りも、街灯もすべてが消され、暖房機器も使えなくなる。

そこからは誰ひとり声を発してはいけない。島中が漆黒の闇《やみ》に包まれ、島中の人々は寒さの中、息を潜め沈黙を守らなければならない。

年々によって多少時間は異なるが、しばらくすると島中に太鼓の音が響き渡る。その音を合図に島中の男たちは神社を目指して走り出す。

神社は山の上にあり、その麓《ふもと》に、見守られるように集落が広がっている。神社に行くには複数のルートがある。そうなると、どの家からも神社までの距離はさほど変わりはない。勝負を決めるのは福男になりたいという強い気持ちの方が大事とされている。一番で神社に駆け込んだ男が福男となり、この一年島に福を分け与える者として英雄視される。

この奇祭は千年以上続いていた。

なぜ夕方六時に島中が闇に包まれ、沈黙しなければならないのか。

それは、一年に一度、この日のこの時間に男の神様と女の神様が出会い、本殿で男女の営みをされるからである。

島中の人々は只々暗闇《ただただくらやみ》の中で沈黙を守り、男女の神様の逢瀬《おうせ》を見守るという厳《おごそ》かな儀式にある種の神聖さを感じていた。

では太鼓の意味は？

太鼓の音は神社からである。これは、営みがうまく行ったという合図である。先にその年々によって太鼓が鳴る時間がまちまちであると言ったのは、その年の男の神様のコンディションによるからなのだ。

福男はひとつだけ願いが叶《かな》えられるという。女の神様のエクスタシーが最高潮に達し、男の神様が果てたあと、これまで数々の奇跡が起きた。

ある福男は宝くじ当選の願いが叶い、ある福男は医学部合格の願いが叶った。

男たちはこの奇祭に懸《か》けていた。丈男《たけお》、二十九歳もそのひとりだった。

この島で生まれこの島で育った丈男は、この奇祭の日、三十歳の誕生日を迎える。

今回、福男になり叶えたい願いがあった。

丈男は缶詰工場の工場長をしている。父親が社長、母親が専務、その他は工場で働くパートたちである。

工場長の主な仕事はパートたちの機嫌取りと、漁師たちの機嫌取りであった。どちらの機嫌を損《そこ》ねても生産ラインが回らない。一日中、誰かの機嫌を取るのが最大の業務だった。


丈男の生活は単調であった。工場で気を遣ったあと、実家で夕食を取り、スナック『海猫』で酒を飲み、アパートへ帰る。休みの日は自宅でほぼゲームをして過ごした。

『海猫』は市子《いちこ》というママがひとりで切り盛りしている飲み屋だ。

市子はこどもの時分から丈男のことを知っており頭が上がらなかった。噂《うわさ》ではかつて丈男の父親と不倫関係だったと聞いたが、どちらにも真相を聞けずにいた。

今夜も丈男は『海猫《こ》』にいた。

「社長、最新の車を買うたそうじゃないの」と市子が言った。

父親は最近、EV車を購入した。当初セールスマンに、まだまだクラウンが走るから、買う予定はないと突っぱねていたが、高齢者がアクセルとブレーキを踏み間違える事故が多発しているというニュースを自分ごとのように心配するようになり、アクセルを踏み間違えてもAIが障害物を察知し自動で止まるというセールスマンの言葉を信じ購入した。

「新車記念に一本入れておくんで」

「なんで、入れなあかんの」と丈男は抵抗したが、ボトルの栓は開けられていた。

「難波屋《なにわ》によ、酒買いに行ったら、マブイ女いてよ」

隣の漁師たちの話が聞こえた。難波屋とは、港にある酒屋だ。

「カゴに珍味や乾き物たくさん入ってるからよ、ネェちゃん、島の人？　って聞いたら、今度スナック始めるって言うわけよ」

丈男は聞き耳を立てた。

漁師たちの話によると、女性は若くてなかなかの美人らしい。

「来週、開店するって言ってた。ほれ、今、床屋の横で内装工事してるやろ、あそこでやるらしい」

丈男のアパートからすぐの場所だった。

帰りにそこを通るとブルーシートがかけられていた。

『スナック　アイランド　十二月三日オープン』の貼り紙《はりがみ》があった。

丈男はそれをスマホで撮影した。

「こんばんは」

背後から声がした。振り向くとスタジャンにニット帽の女が立っていた。

「今度、ここのスナックのママをする幸子《さちこ》です」と縁の丸まった名刺を出した。

「あ、どうも」

「あなたも漁師さん？」

「いや、俺はこういうもんだ」と名刺を差し出した。

「工場長、すごいね若いのに」

「いやー、大変なだけだって」

幸子は男好きのする女だった。漁師たちが盛り上がっていた意味がわかった。

丈男は常連になろうと決めた。


オープン初日、朝から丈男は落ち着かなかった。

実家で納豆をご飯にかけ勢いよくかきこんでいると母親が言った。

「あんた、工場済んだら、ばあちゃんのデイサービスのお迎えお願いね」

思わず箸《はし》が止まった。

「今日は親父《おやじ》の当番やろ。なんで俺がやらんとならんの」

丈男は米粒を飛ばしながら文句を言った。

「社長、ゲートボールで腰をいわしたんよ」

「ほんだらお袋が連れてけばいいやろが」

「昨日からリュウマチが出たんで無理やわ」

「なんや、この家は病人だらけだがね」

夕方六時、デイサービスに祖母を迎えに行き、それから出かけるとしたらギリギリ七時のオープンに間に合うかどうかだ。朝からいっきにやる気が失《う》せた。

事務所でパソコンに向かっていると経理の富子《とみこ》が話しかけてきた。

富子は中学の二年後輩だ。一昨年、島に戻ってきた。信用金庫で問題を起こしたらしく、その噂を聞いて、丈男の母がスカウトしたのだ。

「丈ちゃんも行くの？」

「どこに？」

「スナック。今日オープンなんやろ」

「興味ないわ」

「漁協の連中、みんな楽しみにしとったよ。ママがいい女やって」

「はー、くだらん。そんなことくらいしか楽しみないのかね」

「そやね、丈ちゃんはあの人らと違ってジェントルマンやもんね」

「あのな、名前で呼ぶな、工場長って言わんかい」

「ええっちゃ、二人っきりなんやし」

富子がやけに馴《な》れ馴《な》れしいのには理由があった。富子が入社した昨年の暮れのことだった。忘年会のあと、まだ飲みたいという富子を連れて『海猫』へ行った。富子はそこで不倫の過去を告げた。転勤してきた上司と恋仲になったが、妻子ある単身赴任者ということがわかったのだ。それが原因で信用金庫を退職したと言った。気がつくと富子の手が丈男の膝《ひざ》の上にあった。下半身から熱いものが込み上げていた。丈男は冷まそうとハイボールを何杯も飲んだが、余計に熱くなるばかりだった。

丈男はアパートに富子を連れ込んだ。家に入るやいなや靴も脱がずに二人は抱き合った。丈男は夢中で富子の唇《くちびる》を吸った。しかし、急に体内でアルコールが逆流し、胸へと駆け登り、口から嘔吐《おうと》物となって飛び出した。富子は顔中ゲロまみれになりながら悲鳴を上げた。丈男は、「ごめん、ごめん」と謝ったが、丈男を突き飛ばし出ていってしまった。

その晩を境に富子は急に馴れ馴れしくなった。

「今晩、『海猫』行かん? 最近、丈ちゃん来てないって言っとったよ」

「今日は、デイサービスにばあちゃんを迎えにいかんといけんから、無理やわ」

仕事が終わり、丈男は一目散に実家へ帰り父親のEV車でデイサービスに向かった。車内は新車の匂《にお》いがした。

すべてが最新の装備だ。鍵《かぎ》もポケットに入れたままでエンジンがかかる。韓国《かんこく》グループの曲を聴きながら新車の具合を楽しんだ。

デイサービスに着くと祖母の姿がなかった。

呑気に風呂に入っていたのだ。頭に血が昇ったが、ここは一刻も早く着替えさせることを優先した。こどもの頃、飼っていた柴犬を思い出しながら、祖母の身体を拭き、髪を乾かした。


祖母を車に乗せたとき、もう七時を回っていた。丈男はスピードを上げ実家に向かった。EV車は速度を上げても十分な安定感を保《たも》った。

そのとき祖母が「めがねがない」と騒ぎ出した。

「どこに忘れた?」「デイサービスや」「戻っとる間ないけで、もういっぺん探してみいや」「いや、忘れたんや」

丈男がバックミラー越しに見ると、めがねは祖母の頭に載っていた。

「頭にあるでないの!!」と丈男が言ったときだった。

前方の車のブレーキランプが光った。

丈男は慌ててブレーキを踏もうとしたが、その前に急停車した。AIによる自動ブレーキがいちはやく作動したのだ。間一髪《まぬが》で事故を免れた。

もし追突していたらスナックどころではなかった。身をもってEV車の性能の良さを実感した。

『アイランド』に着くと店は満席だった。丈男がカウンターに目をやると幸子がいた。茶色く染めた髪をうしろに束《たば》ねていた。うなじが妙に色っぽかった。店の照明を介して見ると、さらにいい女に見えた。

丈男は時間を潰《つぶ》そうと埠頭《ふとう》までゆき、温かい缶コーヒーで暖を取りスマホでゲームをした。

店に入れたのは九時すぎだった。やっと一席が空いたのでそこに座った。

幸子は丈男を一瞥したが他《ほか》の客と話していた。

メニューを見ると、一番高いウィスキーは一万円もする。対して一番安い焼酎《しょうちゅう》は三千円だった。

「嬉《うれ》しいーっ、丈男さん来てくれたの」幸子は今気づいたかのように声をかけた。

「なかなかいい店やね」

「ありがとうございます。ビールにします?」

「いや、これボトルでくれや」と一万円のウィスキーを指差した。

「いやー、ええの?」

「ああ、開店祝いや」

「男前ーっ!」と幸子はしなをつくって喜びを表した。

最初の一杯は幸子が作ってくれたものの、幸子は他の客たちの対応におわれて、下品な客が幸子に下ネタを話しているのを丈男は苦々しく思いながら水割りを飲んでいた。

会計は二万近かった。水割り三杯と乾き物でこの値段とはこの先が心配になった。

ドアの外まで見送りに来た幸子は、

「丈男さんはずっと島育ち?」と手を握りながら言った。

「ほんまは島を出たかったけど、親父が、頼るもんでよ」

「また来てね」

帰り道、スナック『海猫』をそっと覗くと客は誰もおらず、市子がカウンターでタバコを吸っていた。


独身とはいえスナック通いは大きな出費だった。一回の訪問を中身の濃い時間にしたい。できるだけ幸子と話せるよう混《こ》んでいる時間は避け、閉店間際に行くようにした。おかげでここ最近は寝不足だった。

ある晩、客が早く引け、丈男は幸子と二人っきりになった。

「丈ちゃん、私のこと狙《ねら》ってるでしょ」

「いや、別に」

「毎回、閉店間際に来るしさ」と耳元で囁《ささや》いた。

幸子が福男になった男とヤルという噂が丈男の耳に入ったのは、祭りの一ヵ月前のことだった。

丈男がやんわりそのことを聞くと、幸子は噴き出し、「私は福男みたいな男らしい人が好きって言うただけよ。ここじゃ、一言が百言や千言に膨《ふく》らむんやね。私はね、誰とでも寝る女やないよ」。

「わかっとるわ。俺はママの評判を気にしとるから、伝えただけや」と取《と》り繕《つくろ》うと、「ありがとう」幸子はそう言うと丈男の手に自分の手を重ね、「丈ちゃんだったら、いつでもええよ」と囁いた。

丈男はこのとき誓った。福男になって正々堂々と幸子を抱こうと。

丈男は童貞だった。未遂のようなことは何度かあったが、聖なる領域を超えたことは一度もなかった。

祭りの日、丈男は風呂に入り身を清め、神妙な面持ちで決戦のときを待った。

同日、夕刻、本殿は神聖な空気に包まれていた。この日のために隅《すみ》から隅まで清め上げられていた。本殿は二人の神様のためだけに開かれる。俗社会でいうなら一日一組限定の宿に上客が宿泊するようなものである。耳をすませば鳥のさえずり、川のせせらぎ、そして木々の薫り、森羅万象すべてが歓迎しているようであった。

日が傾き始めたころ、身を清めて白装束に烏帽子《えぼし》をつけた宮司《ぐうじ》が鳥居に立ち、神様のご到着を今か今かと待っていた。

一筋の雲が流れ夕焼けに溶け込むと、空はゆっくりと茜《あかね》色、藤《ふじ》色へと色を変え、濃い群青《ぐんじょう》色に染め抜かれた。それは合図でもあった。おごそかな雰囲気の中、海を渡り二人の神様がおいでになられた。波打ち際に白波が二つ立った。海を渡られた知らせである。

等間隔に松明《たいまつ》が置かれた参道を静々とお歩きになり二人の神様は本殿へとお向かいになられた。鳥居の間をひんやりとした朗《ほが》らかな風が吹いた。お通りになった知らせである。

本殿に続く道は竹が等間隔に並び竹藪《たけやぶ》の小道を作っていた。苔《こけ》むした飛び石が玄関まで続いている。灯籠《とうろう》が二人の神様の足元を照らす。静々と二人の神様は声を発することなく歩いていく。そのお姿は誠に神聖であった。

踏み込みでお履物を履き替え前室へと進む。ここからは障子《しょうじ》越しに中庭が見える。中央に御神木が構えるようにそびえている。しめ縄が巻かれた御神木は真ん中で枝分かれしている。ひとつは男根の形、もうひとつは女性器のように窪《くぼ》んでいる。

二人の神様は庭を眺めておられた。

ほどなくして宮司の案内で離れへと向かった。

二人の神様のために用意された部屋は広々とした板の間で、床間《とこのま》には春画の掛け軸、漆塗りのテーブルには茶菓子が置かれていた。

「一年ぶりやね。あんた、浮気しとったら許さんよ」

「たわけ、そんなことする訳ないやろ。さっさと風呂いって洗ってこい。もうすぐ六時やど」

女の神様は時計を見た。「まだ一時間もあるやないの。せっかちやわ。ゆっくり湯に浸《つ》かってから、お神酒《みき》をきこしめして、それからでええがね」

「ふん。毎年、同じこと言っとるわ」

女の神様が湯殿に行ったあと、男の神様は大きなため息をついた。少したるんだ腹を撫《な》でると、立ち上がりスクワットを数回した。

そして巾着《きんちゃく》から取り出したマムシの粉末をお茶で一気に飲み干した。また血流を促進する白い錠剤をガリガリと齧《かじ》った。

いくら神様とはいえ、事前のコンディション作りが大事なのだ。

女の神様が少し赤らんだ頬《ほお》に乳液を塗る姿を、男の神様は古事記を読みながら盗み見していた。時折、鏡越しで目が合いそうになるとすぐ様、古事記に目を落とした。

純白の敷布《しきふ》はシワひとつなくピンと雪原のように広がっていた。そこに二人の神様は静かに横たわった。

艶《なま》めかしい灯りの下、女の神様は妖艶《ようえん》な笑みを湛《たた》え、静かに目を閉じた。男の神様は灯りを吐息で消すと、暗闇の中、純白の掛け布団を大きく広げ、かぶりながら女の神様の上に覆い重なった。時はそれを待っていたかのように六時を告げた。時の流れと神様の波動が重なったのである。その瞬間、島中のすべての灯りが消された。島は漆黒の闇、久遠《くおん》の静寂に包まれた。

島中の者が息を殺し、厳かな営みを見守った。

丈男は玄関で膝を組み太鼓が鳴るのを待った。月明かりで窓に映った自分を見てハッとした。瞳《ひとみ》がらんらんと黒光りしているのが映っていたからだ。

心臓を打つ音が聞こえる。なぜか体の震えが止まらなかった。これが武者震いなのか。丈男は膝を強く抱きしめ気を落ち着けようと努《つと》めた。

絶対に福男になってやる。島中のヤツらを見返してやると誓った。

神様が営みを行っている寝室の庭先には太鼓が備えられ、そこの脇《わき》でバチを握り締めた太鼓男がそのときを待っていた。太鼓男は神様の気配で成り行きを察する役目を仰せ付かっている。

幕を引くように雲は月を隠し、正真正銘の暗闇となった。

男の神様と女の神様がどんな体勢で営みを行っているかなど想像することすら恐れ多いことであるが、純白の掛け布団が波を打ち営みの様子を物語っていた。時に荒波のように、時に渦潮のように、時にさざなみのように模様は目まぐるしく姿を変えた。敷布の端《はし》から端まで所狭しともつれ合う様子は土俵際で力士が相撲をとっているようでもあった。

しばらくしてピタリと動きが止まった。

太鼓男は、いま営みが終了したのだと思い、太鼓を打とうとしたが、その手が鼓面でピタリと止まった。

男の神様が布団から顔を出した。

「あかん……、あれこれやってみたが萎《な》えてもうた」

「あんた、私とじゃイカないの、やっぱり浮気しとったってこと?」

「違う、それは断じて違う」

「じゃあ、何が原因なんよ！」

男の神様は起き上がり、あぐらをかいたまま、黙り込んだ。

「なんか言いなさいよ」

男の神様は顔を上げずボソボソと話し出した。

「プレッシャーなんや」

「プレッシャー？　私があんたにプレッシャーをかけたって言うの」女の神様はトーンを上げて言った。

「そうじゃない。俺の神様としての信念とお前への愛は千年経ってもブレておらん。ただ世間の目がプレッシャーなんや。我々のために毎年、島中の電気を消して待ってくれとる。真冬やというのに暖房もつけんと寒さを我慢してくれておる。昔は寒さくらい辛抱せぇ！　って気持ちやった。でも、今は神様に仕えさせること自体パワハラ、モラハラやないかと思ってまうねん。海の安全を祈願する祭りも漁師が救命胴衣を付けずにネットにアップしたら、それが大問題になって祭りが中止になるご時世や。もうウチら神様がやる儀式は時代には合わないんじゃないかって思ってまうんや。それがプレッシャーなんや」

「あんた！　そんなプレッシャーに負けてどうすんの。私らは神様なんよ。島の人たちは年に一度、楽しみに待ってるんよ。そのために三百六十五日、頑張って生きてるんやないの。島の人たちが希望を持てる世の中にするのがあんたの役目やないの。あんたのプレッシャー、私が払いのけてあげる。私が絶対にイカしてあげるわ」

男の神様は、その言葉に気持ちがたかぶった。

「すまんかった。お前の言う通りや、もう一度だけ抱かせてくれ」

「あんた」

「お前」

再び二人の神様は布団に潜り込み営みを再開した。

しかしである。最初は勢いよく吸った揉《も》んだ、組んず解《ほぐ》れつが続いたが、やがてガス欠した車のように動きが止まった。

「あかん、やっぱ萎えてもうた」

「なんでやの。もうーっ、えーーーっ、悔しいーっ」と女の神様は叫んだ。

その直後、太鼓男は太鼓を力一杯叩《たた》いた。

初めはドン。ためてドン。またドン。もひとつドン。そこからは徐々にテンポを速めて乱れ打ち。躍動感溢《あふ》れる太鼓の音が島中に鳴り響いた。

「なんでや、太鼓が鳴っとるがな。止めろ！　止めさせろ！」

「もう無理やわ、島の灯りがついたわ」

時既に遅しであった。島中の灯りがつき、男たちが大声を上げながら家を飛び出し本殿を目指していた。丈男も全速力で走った。

太鼓男は女の神様が叫んだ、「えーーーっ、悔しいーっ」を「エクスタシー」と聞き間違えたのだ。

「うわーっ、こっちに向かってきとるがな」

「こうなったら、あんたがイったことにせんと暴動になるわ」

「そんな……」

「もう、しゃきっとせぇ、もうすぐ、到着するで」

「あああ、どないしょう」

丈男は夜道を懸命に走った。前につんのめりそうになりながらも速度を緩めることはなかった。ライバルたちを追い抜いていく。無数の精子が卵子を目指すようだと思った。そうか、自分自身もまだ精子だったころ、ものすごい数のライバルたちを蹴落《けお》として、この世に生み落とされた超がつくエリートなんだ。そう思うと勇気が湧いてきた。

部屋の外から声がした。

「まもなく島の男たちが参ります。お支度《したく》のほう、お願いいたしまする」
「わかっとる」と男の神様は答えながら狼狽《うろた》えていた。
「堂々としとったら、バレやせんって」と女の神様がぴしりと言った。

海岸通りを抜けて境内《けいだい》への階段に三人の男が差し掛かった。その中に丈男の姿があった。

幸子とやりたいという気持ちが馬力となり、三段抜かしで階段を駆け上がった。ゴール直前、丈男は思いっきりアゴを突き出した。

一番乗りを果たしたのは丈男だった。見事、丈男は三十歳の誕生日に福男になった。
丈男は福男のハッピを着せられ本殿の前に立たされた。
九十度頭を下げると、宮司の祝詞《のりと》が始まった。
丈男は渡された絵馬に願いを書いた。

宮司は絵馬を神様に差し出した。男の神様はそれを見て頷《うなず》いた。絵馬にどんな願いが書かれているかは、口外されないのがしきたりであった。

日曜、丈男は幸子をEV車の助手席に乗せてドライブに出かけた。

幸子が着ていたダウンを脱ぐと中はファー素材のノースリーブだった。

いつもより濃い目の化粧をしていた。首筋からエロティックな匂いがした。

ネットで見つけたデートを盛り上げるプレイリストで気分はブチ上がった。

灯台が見えるカフェで丈男はステーキ丼《どん》、幸子は海鮮パスタを食べた。

丈男は心の中で、ラブホテルに行くことばかり考えていた。

昨晩のシミュレーションでは、食事の後、カラオケボックスに行き、夕日を見た後にラブホテルに行くことにしていたが、もうすぐにでも行きたいと思った。

幸子がトイレに行っている間、丈男は喫煙所でタバコを吸っていた。

ポケットのスマホが震えた。画面に富子と表示されている。丈男は無視することにした。


ラブホテルが見えた。ゲートにあるゴム製ののれんがワカメのように揺れていた。

丈男には竜宮城に見えた。

「あそこでええか?」丈男が言うと、「ええよ」と艶めかしい声で幸子が答えた。

丈男は左右を確認して、スピードを緩め、ゴム製ののれんをくぐろうとした。

しかし、手前でピタリと止まった。丈男はアクセルを踏んだが止まったままだった。

「どうしたん?」

「いや、車が動かん」

「なんで」

「なんでやろ」

「こないなところ誰かに見られたら、すぐ噂になるわ。早《は》よ、見てきて」

丈男は車を降り、車の下を覗いたが何も障害となるものはなかった。

幸子はシートに身を沈めて隠れていた。

丈男は車に戻り、アクセルを踏んだが、やはりびくともしなかった。

「富子って女から着信あったで」と幸子はすっかり冷めた顔で言った。

そして、「今日はやめとくわ」と車を降り帰ってしまった。一人取り残された丈男は叫んだ。

「神様、ちっとも願い叶えてくれん」

あのとき、車が動かなかったのは自動制御ブレーキ装置がラブホのゴムのれんを壁と判断したからだとわかった。

あれ以来、『アイランド』には行っていない。

いつもの単調な日々に戻った。『海猫』で一人飲んでいると、市子は言った。

「丈男、あんた、私と社長ができとるって疑ってたやろ」

「はあ？　そんなこと思っておらんわ」

「あのころ、私は確かに後妻を狙ってあんたのお父さんに言い寄った。あの人もその気になったのは確かかや。でも二人がいい感じになる度、邪魔が入って未遂に終わった。あんたのお父さんには神様がついとるんかと思ったわ」

「…………」

「あの後、富子から聞いたんやけど、『アイランド』のママ、借金あるんやってな。あんたが金貸すんやないかって心配しとったで」

「ほんまか……」

「きっと、富子はお前に惚れてるで」

「…………」

丈男は絵馬に書いた願いを思い出していた。あの日、「童貞喪失」と書いた後、「好いとる女と」と付け加えていた。

もし祭りの日、神様の営みが上手くいっていたら、丈男の願いは叶っただろうか。

もしかしたら、神様は丈男に一番相応《ふさわ》しい相手と縁を結ぶため、ラブホテルに結界をお作りになったのかもしれない。

とにもかくにも丈男は童貞を捨てられなかったことには変わりない。

丈男の願いがいつ叶うか？　それは神のみぞ知るである。

マジックアワー

それは、まるで映画のような光景だった。金属の隙間《すきま》から狼煙《のろし》のような一筋の煙が立ち上っている。スリップ痕が地面にへばりつくように残っている。一帯に広がるドス黒い水たまり。どこからかうめき声が聞こえる。鉄のフレームから白木の木箱が飛び出していた。辺り全体を美しい夕陽《ゆうひ》が照らしていた。アスファルトにころがった写真の男は笑っていた。それはこの事態を嘲笑《あざわら》うかのようだった。

御木原《おぎわら》は金貸しを生業《なりわい》にして半世紀が過ぎた。世の中がどう変わろうと金貸しは無くならなかった。人は生まれ、人生を歩み、いずれ死ぬ。その間、金がいる。自分の力では賄《まかな》えない者が金を借りる。そこに金貸しが存在するだけのことだ。

金を通じていろいろな人間の人生の断片を垣間見《かいまみ》てきた。どんな人間が借金に溺《おぼ》れていくのか。その特徴は単純なことだった。

はじめは願望だったことが、いつの間にか断定へとすり替わってしまう。

ギャンブルを例にとると、初めは〝当たるといいな〟という願望が、いつの間にか

〝当たるに決まっている〟という断定にすり替わり、気がつくと大負けしている。

金貸しを始めたころは、どんな事情があろうと返さない行いは悪だと叩《たた》き込《こ》まれた。取り立ては容赦なくするべし。情は禁物だ。しかしそんな時代は終わった。今は法律というバリアに守られ、借りる側のほうが偉そうである。

大抵、金は借りる方より、貸した方が傷つくことの方が多い。金を借りるときは、神にすがるような態度を見せるのに、返済の催促をするとまるで鬼に出会ったかのような顔をする。これこそ不条理である。

とはいえ金貸しは銀行に預けるより確実な投資だ。働きバチのように債務者たちが利息という蜜《みつ》を運んできてくれればいい。


御木原には長年にわたり金を貸し続けている三人の男がいた。三人はいい加減で約束を守らない人間だった。御木原が金を貸すのをやめたらどこかで野垂れ死ぬだろう。利子さえ返ってきていないが、三人には金を貸し続けている。この先も貸し続けるだろう。

三人は、他の債務者にはない奇妙な共通点があった。

それは、善かれと思って余計なことをするのだ。

目の前で何か起きると、何かをせずにはいられない。しかし、感謝されることはなかった。かえって事態を悪くした。またタチが悪いのは相手に感謝されていると思い込んでいることだ。それでいて、褒められようなどという功名心はまったく持っていなかった。とにかくややこしい善意を持っているヤツらなのだ。

三人は決して悪人ではなく善人の部類だ。誰かのために何かをしようなどと思ったことのない御木原には、三人の行いは新鮮であり、不思議なことだった。

三人のうちのひとりは芸人をやっている。仮にピンクとしておく。ピンクの借金は酒やギャンブルによるものではなくほとんどが生活費だ。いわゆる売れない芸人である。

二人目はボランティア活動をしている。仮にイエローとしておく。イエローはいくつものNGOに所属し、どこかで飢饉《ききん》、災害はないかと、奉仕のアンテナを張り巡らせ、何か起きればすぐに駆けつけた。見返りを求めないことをモットーとしているようだが御木原には借金を求めた。

三人目は元ボクサー。仮にパープルとしておく。パープルはいつも人のことを考えてしまう優しい男だ。裏を返せば気の弱い、ボクサーには不向きの男だった。

そんな三人は、善かれと思って余計なことをし、周りの人を萎えさせていた。

ある日、ピンクは先輩芸人に留守番を頼まれた。リビングに壊れた椅子《いす》があった。

右の肘置きがなかった。外された肘置きは押し入れに放置されていた。ピンクは善かれと思って修理をした。右の肘置きをしっかり取り付けると、椅子は本来の姿を取り戻した。その後、先輩が戻ってきた。ピンクが直した椅子を見せると先輩は愕然《がくぜん》とした。最近、ギターを始めた先輩はボディの部分が肘置きに当たるので、わざわざ肘置きを外しておいたのだった。

飲み会での出来事だ。ピンクの隣にお酒の飲めない女性が座った。ピンクはウーロンハイを注文し、女性はウーロン茶を注文した。飲み物が来た。どちらも同じ形のグラスだった。

そこでピンクは善かれと思って両方を飲み比べ、ウーロン茶のほうを女性に渡した。いきなり他人に口をつけられたウーロン茶を女性は飲むことができなかった。

これも飲み会での出来事だ。先輩芸人の誕生日に十人ほどの仲間が集まった。全員が生ビールを注文した。ピンクは善かれと思って最初に来た冷えたビールを先輩に渡した。二回目に来たビールを他の者に渡した。そして善かれと思って自分は一番最後に来たビールを手にした。乾杯するころ、最初に来た先輩の生ビールの泡《あわ》は消えていた。そして最後に来たピンクのビールは泡もありキンキンに冷えていた。

イエローはある途上国のボランティアに参加した。

市場で村人のためにヤギを買った。イエローは善かれと思って、その場でヤギを絞《し》めて解体してもらった。すぐに調理できるよう手はずを整えたつもりだった。そして肉を自転車の荷台に乗せて村へと向かった。

しかし村はまだ何十キロも先にあった。炎天下、どんどん肉は傷み始めた。さらに匂いを嗅《か》ぎつけたハイエナの群に囲まれてしまった。イエローは肉をハイエナの群に投げつけ、夢中で逃げた。


イエローがボランティアで行ったある国境での出来事だ。岩に足が挟まり動けない鹿《しか》がいた。あたりは鹿の生息地ではなかった。迷い込んだ鹿は、足が岩に挟まり身動きがとれなくなってしまったのだ。イエローは岩を砕《くだ》き鹿を救出した。ケガをして歩けずにいたのでイエローは善かれと思って鹿を抱《かか》えて国境を越えた。そのとき鹿と一緒にイエローは靴の溝についた土まで運んでいた。土には生育速度が非常に速いつる性植物の種がまじっていて、すぐに数十メートルになり群生し生態系を変えてしまった。

パープルがあるボクサーの引退試合の相手をしたときの話だ。引退を決めたボクサーはプロになってから一度も勝ったことがなかった。最終ラウンドでパープルは善かれと思って、中年のボクサーが得意としていた右ストレートをわざともらった。パープルはリングに沈んだ。映画のような見事なKO勝ちだった。パープルのおかげで引退試合は華々しく、最初で最後のノックダウンで勝利を飾った。ボクサーはパープルを一発でマットに沈めた感触が右手にしっかりと残っていた。自分はまだ現役でやれると思い込み引退するのをやめた。今も現役で負けを続けている。パープルのおかげで引退のきっかけを失ったのだ。

三人が善かれと思って余計なことをする度、御木原は愛着が湧いた。なぜか憎めないのだ。若いころ情け容赦なく借金返済を迫ったり、借金のかたに不動産を取り上げたこともある。その罪滅ぼしとして三人に目をかけていると思われがちだが、そういった贖罪《しょくざい》のようなものではなかった。愛すべきクズ人間とでも呼ぶべきであろうか。どうしようもない息子のような存在だった。

ある日、御木原は三人を食事に招いた。
集合時間を夕方にしたのは、リビングから眺める夕陽が美しいからだった。この家に決めたのも穏《おだ》やかな夕刻の景色に魅せられたからだった。絵画の時代、芸術家たちはこのマジックアワーを好んで作品に描いた。このマジックアワーに浸っていると汚れた心が洗われる気がした。御木原は三人にマジックアワーを見せてやりたかった。美しいものは金より尊いということを初めて知った。今宵《こよい》は気のおけない三人とマジックアワーに浸りながら年代物の赤ワインで乾杯しようと考えていた。御木原はワインセラーから一番高級な赤ワインを選んだ。酸味、渋味《しぶみ》、甘味のバランスが素晴らしく調和するのは常温の状態だ。スタンドにボトルを寝かせ、ゆっくりオリを沈殿させながら部屋の温度に馴染《なじ》ませた。食べきれないほどの料理も取《と》り揃《そろ》えた。ピンクの好物の唐揚げも用意した。

薄暮になりかけの丁度いい頃合いにインターフォンが鳴り、三人がやってきた。

三人はこの小さな宴《うたげ》を心から喜んでいるようだった。イエローは上がるなり、「お手伝いすることがあれば言ってください」と善かれと思ってカーテンを閉め、マジックアワーを遮った。御木原は思わず「ああ」と言葉にならない声を上げた。ピンクは善かれと思って料理にかけてあるラップを外し、唐揚げにレモンを絞った。絞っていいかと聞かずにだ。あっという間の出来事に御木原は呆気《あっけ》に取《と》られた。それでも気を取り直し、ワインをデキャンタに移し入れようとしたがボトルが消えていた。御木原が「ここにあったワインは？」と聞くと、パープルが「冷やしてあります」と得意げに言った。御木原は急いで冷蔵庫を探したがなかった。それを見てパープルは「冷凍庫ですよ」と言った。善かれと思って急速に冷やしていたのだ。御木原は冷えたワインボトルを雪山の遭難者を温めるように抱《だ》きかかえた。

来てわずか数分というのに、三人の善かれと思った行動は、御木原を萎えさせた。三人はいつも「善行」というシールの貼られたスコップで墓穴を掘り、自ら穴に落ちもがいている。そこから引き上げるのが御木原だった。

きっとこの後、誰かがトイレに入れば善かれと思ってトイレットペーパーを三角に折るだろう。御木原には不潔な行為にしか見えない。用を足した手で触っているところを想像しただけで萎えてしまう。

しかし、いくら余計なことをされても、御木原にとって三人と過ごす時間は心地よく、安堵《あんど》に包まれていた。それが不思議でもあった。

御木原はこれまで金が絡んでこんがらがった人間関係の歪《ゆが》みを幾度も見てきた。金《かね》儲《もう》けが下手で自暴自棄になる者、金につまずき人が悪くなる者、温和で柔和で平和を好んでいたのにいざ金を前にするとあっさり転ぶ者。そういった輩《やから》とは自分まで感染しないよう距離を置くより他なかった。多かれ少なかれ、金を貸した者は、金を借りた者に憎まれていることを御木原はわかっていた。それゆえ、御木原には友達と呼べる者がいなかった。人を信用しない御木原に心を開く者はいなかった。御木原は冷えたワインを飲みながら、ある金貸しの葬式を思い出していた。

それは御木原が若かったころの話である。ある知り合いの金貸しが亡くなった。その金貸しには長年目をかけていた三人がいた。三人は通夜から告別式の間、気丈に働いた。弔《とむら》いにきたすべての者をもてなした。涙を見せないその姿が余計物悲しく見えた。棺桶《かんおけ》に蓋《ふた》をする直前、三人は葬儀屋にどうしても棺桶に入れたいものがあると懇願《こんがん》した。やりとりの末、認められた。棺桶に入れられたのは蕎麦《そば》だった。何玉もの蕎麦が棺桶の隙間を埋めた。

故人を荼毘《だび》に付している最中のことだった。御木原は喫煙所で三人の会話を聞いてしまった。

「あいつ今頃、もがき苦しんでるだろうな」「まさかアレルギーの蕎麦を棺桶に入れられるとは思ってもいなかっただろうよ」「死んでも苦しんでほしいくらい恨んでたんだ、俺たちは」

金貸しの末路を見せつけられた気がした。御木原は故人に自分をなぞらえずにはいられなかった。

食事を一通り終えたところでピンク、イエロー、パープルが揃って居住まいを正した。

ピンクが言った。「今日は返済を迫られると覚悟してきたんですが、こんな振る舞いをしてもらって」

御木原はそんなことは気にも留めていなかった。

イエローが言った。「来る前に三人で話したんです。俺たち、いつか本業で成功して、お返ししようと思ってはいたんですが、才能もないし……、そこで生命保険に入って、受取人を御木原さんにしようと」

三人はお金のために誰かを蹴落としたり妬《ねた》んだりはしなかった。三人は、人から金を借りておいてあっさりと鮮やかに誰かに金を使った。金は天下の回りものを地で行っていた。

御木原はそれが嬉しかった。金貸しだからこそ嬉しかった。

御木原はやっと常温になったワインを口に含んだ。ゆっくり舌で転がし、芳醇《ほうじゅん》さを十分に楽しんだあと、赤い液体を喉《のど》に送った。喉を通過し胃に落ちていくのがわかった。それは三人の申し出に答えるには十分な時間だった。

「バカも休み休み言ったらどうだ。お前らは善かれと思って提案したんだろうが、私は返済なんて望んではいない。第一その保険料は誰が払う？　まさか私に借りる気なのか？」

「お前らと、この光景を見られただけで、俺は幸せだよ」とポツリと言った。

三人は顔を見合わせた。そして同じタイミングでため息をつき肩を落とした。

「そこまでは考えてませんでした」「俺たちがバカでした」「どうしようもないバカです」と三人が言った。

御木原はガンに侵されていた。それも末期だった。あと何度、マジックアワーが見られるかもわからない先の短い人生だった。神様からの命の返済の期限が迫っていたのだ。

一ヵ月後、御木原はあっけなく亡くなった。

最期の日、空はどんよりと曇っていた。マジックアワーを見ることができなかった。

三人は御木原の元へ駆けつけた。これでもかというくらい泣いた。

涙の量が借金の代わりになるわけはない。これから金を貸してくれる者がいなくなり途方にくれる涙でもない。心の底から悲しかったのだ。友達のいない御木原に一番の供養になるような涙だった。

葬儀に出たのは三人だけだった。他の債務者は彼の死を知り、これ幸いと寄りつくことはなかった。残った貸付は、後継者がいない御木原以外、取り立てる者がいなかった。

仮通夜を済ませ告別式、出棺へと儀式は滞りなく進んだ。ここまでスムーズに進んだのは健気《けなげ》な三人のおかげでもあるが、生前、御木原が葬儀屋に段取りを頼みその費用を支払っていたからだった。天涯孤独の者の死は自分で後始末をする。それが御木原の最後の仕事だった。

　もちろん三人は棺桶に御木原の嫌いな物を詰めたりはしなかった。

　あとは火葬場に行き荼毘に付せば御木原の御霊《みたま》は煙となって天へと昇る。

　生前この上なく世話になった御木原に対して、何も恩返しできていないという後悔の念がそれぞれの心の中でぐんぐんと芽生《めば》えていたのは言うまでもない。

　もうすぐ薄暮に差し掛かるあたり、晴れ間が覗いた。

「なあ、ひとつ提案があるんだ」とイエローが言うと、「俺もだ」とピンクが言った。

「もしかしてお前ら、御木原さんにマジックアワーを見せたいって思ってないか」とパープルが言うと、二人は「なんでわかったんだよ」と口を揃えて言った。

「霊柩車《れいきゅうしゃ》って、特殊免許はいらないみたいなんだよ」とピンクが言った。

「まさか、お前」とイエローが言うと、

「俺たちだけで運ぼうぜ」

「俺もそうしたい。三人で見送ってやりたい」とパープルが言った。

　三人の気持ちはすぐにひとつになった。運転手に多めに謝礼を払い内緒で了承してもらった。

霊柩車のハンドルはパープルが握り、助手席に遺影を持ったピンク、後部座席にイエローが乗った。その後ろに御木原の棺桶と前代未聞の出棺ではあるが、側《はた》からはなんの変哲もない普通の光景だった。

パープルはクラクションを高らかに鳴らし、車を走らせた。出棺の際のクラクションは故人を弔う意味があるそうだとパープルは言った。


「素晴らしいマジックアワーになるぞ」

「そうだな」

「これくらいしかできなかったけど、喜んでくれるよな」

「ああ」

パープルは車をUターンさせ、火葬場に行くのを後回しにして、御木原の自宅を目指した。

霊柩車は陽光に照らされながら進んだ。太陽の光がイエロー、ピンク、パープルの三つの層にゆっくりと溶け合うとマジックアワーとなる。

御木原の家が見えてきた。

「御木原さんは俺たちの面倒をなんで見てくれたんだろうな?」

「俺もそれが不思議だったんだよ」

それを聞いてイエローが言った。

「俺たちも御木原さんに尽くしてきたからだよ」

「やっぱりそうか」

「そうだよな、俺たち、御木原さんに尽くしてきたもんな」

三人は最後まで、余計なことをしている気はなかった。

「御木原さん、もうすぐ家だよ」

「マジックアワーが見られるよ」

「こんな俺の面倒を見てくれて今までありがとう」

「これから頑張るからな」

マジックアワーが三人を照らした。三人の顔がイエロー、ピンク、パープルに染まった。

「目に焼き付けておこうぜ」

「ああ」「きれいだ」

気がつくと三人はこれでもかというくらい泣いていた。

「涙が止まらないよ」

「俺もだ」

「おい、信号が変わるぞ」

「えっ!?」

その瞬間だった。横から猛スピードの車が飛び出してきて霊柩車の運転席に体当たりした。霊柩車は大きく飛ばされ、横転して止まった。金属の隙間から狼煙《のろし》のような一筋の煙が立ち上っている。あたりは焦げた匂いがする。タイヤがカラカラと回っていた。

一帯に広がるドス黒い水たまり。どこからかうめき声が聞こえる。

トランクから棺桶が外に飛び出していた。ぶつかった拍子《ひょうし》に外に飛ばされた遺影に美しい夕陽が差し込んだ。

遺影の御木原は苦笑いをしているようだった。

ありふれた事件

入局三年目の正岡《まさおか》は夕方ワイド番組『スパッと5時です』に出すVTRの編集をしていた。切れ味鋭くホットな話題に斬《き》り込《こ》むというありふれたコンセプトで立ち上げられた帯の生放送である。正岡は地元の大学で社会学を学び、地元のローカル局に受かり、報道局に配属された。しかし、任される仕事は町の行事やグルメ情報ばかりだった。

今、編集しているのは最近オープンした『スィンティラ』というラーメン店だ。イタリア語で「火花」という意味らしい。正岡と同年代の店主は、バイトでコツコツ貯《た》めたお金で若くして駅前に八坪ほどの店を構えた。地元のイリコと豚骨でとった濃厚スープが人気だった。学生時代の写真や、夜更けの仕込み風景を入れ込み、ラーメン界に新星現る！　といったテイストに仕上げたが、上司の安藤《あんどう》からラーメンの映像が少なすぎる、もっと美味《おい》しそうに撮れ、客が食べているシーンを増やせ、お前は基本的なことがなっていないとダメだしをされ必死で直しているところだった。

ちなみに取材交渉、撮影、編集まですべてひとりで仕上げている。ローカル局では当たり前のことだった。

生放送ギリギリにVTRが完成した。安藤に「悩むなんて百年早いんだよ、もっとテキパキ仕事しろ」と小言を食らったが、「美味しそう！」「行ってみたい！」と反響はまずまずだった。正岡のディレクターの腕かラーメン店の人気のおかげかはさておきの話ではあるが。

番組の終わりにキャスターが「明日は、骨董《こっとう》市の模様をお伝えします」と言い番組を締めた。

翌日に行われる骨董市の取材も正岡の担当だった。地元で江戸時代から続くもので、年代物の骨董が数多く出品される。そのほかチビッコ相撲大会、高校生のダンスショーが開かれ、婦人部によるトン汁が振る舞われる。正岡は密《ひそ》かに鑑定士を仕込んでいた。鑑定士が鑑定しながら見て回るという演出プランだ。もし掘り出し物が見つかればスクープになるかもしれないとほくそ笑んだ。

骨董市は天気にも恵まれ多くの人で賑《にぎ》わっていた。残念ながら値が付く掘り出し物は見つからなかったが。笑顔でトン汁を振る舞う婦人部、若さ弾《はじ》けるダンスシーンとチビッコ相撲の迫力ある決勝戦を撮影し、大急ぎで局に戻り編集を始めた。与えられた尺は三分だった。悩んだ挙句、鑑定士の部分はカットすることにした。

そもそも、三分で伝えられることなど限られている。それゆえ、インパクトある事象が記憶に残るように見せることが編集だと教えられてきた。しかし、正岡にはまだその腕がなかった。

思っていたより早く編集が終った。自分でも中々いい出来だと思った。そういえば朝から何も食べていなかった。骨董市で振る舞われたトン汁を食べておけばよかったと思いながら、自販機で菓子パンとコーヒー牛乳を買った。

「こんなところにいたのかよ、安藤さんが探してるぞ」と先輩ディレクターが駆け寄ってきた。慌てて安藤の元へ行くと、「お前の素材、全部持ってこい」と言われた。

「素材？」

「骨董市の素材だよ」

いつもとはまったく違う異様な空気を感じた。

「何かあったんですか？」

正岡の質問に先輩ディレクターは、声を潜め絞り出すようにこう答えた。

「無差別殺人があったんだよ」

報道フロアは怒号が飛び交う勢いはなく、大事件をまだ受け入れられない、しかし、ニュースは出さなければならないといった葛藤が見え、誰もが感情を一時停止し、機械のように動いていた。

警察によると、骨董市で提供されたトン汁に毒物が混入されていたことから、二十七人が急性ウトロ中毒となり、うち二人が死亡と発表があった。

正岡は青ざめた。しばらく動くことができなかった。骨董市の素材は先輩ディレクターによって編集され『スパッと5時です』で放送された。骨董市もダンスショーもチビッコ相撲もすべてカットされていた。使われたのはトン汁を振る舞う婦人部と客たち。そして現場からの生中継だった。

翌日からはほとんど事件関連ばかりが報道された。『骨董市毒入りトン汁事件』というタイトルも付いた。

正岡は一日中、現場周辺の取材に駆り出された。あなたは不審者を見たか？　その時間、あなたは何をしていたか？　この事件をどう思うか？　とにかくあらゆる人にマイクを向けた。

この事件がいかに世間の関心が大きいかは、日を追うごとに、この小さい町に詰めかけた報道陣の数でわかった。キー局は、リポーター、ディレクター、カメラマン、音声、ＡＤと大所帯だった。テレビでよく見るリポーターの顔もあった。


数日後、Ａという中年の男が容疑者として浮上した。チビッコ相撲大会で行司を務めた男だった。チビッコ相撲のシーンから、行司の顔を拡大し、いつでも放送できるようスタンバイした。

警察がAを疑ったのは、トン汁が振る舞われたテントの見張り番のひとりだったことと、自宅の物置からウトロが見つかったことだった。取り調べでAは自家菜園の農薬として使用したと話している。

正岡はAについての聞き込み取材に駆り出された。家を一軒ずつ回り、情報を集める地道な取材だ。正岡は大事件の真相に触れようとしている自分に興奮していた。自分の向けたカメラで決定的な事実が摑めるかもしれない。なんとしてもスクープを撮りたい、そんな気持ちの先走りも感じていた。正岡の取材によると、周囲の評判では目立たない存在で、悪口を言う者もいなければ、褒める者もいなかった。ウトロ混入につながる狂気的な一面も、宿怨《しゅくえん》の噂も出てこなかった。

正岡が集めたインタビューはあまり採用されなかった。似たようなコメントばかりでおもしろくないと言われた。

インタビューは生鮮食品のように鮮度がある。目新しいコメントも、時とともに劣化を始める。

徐々に『スパッと5時です』は通常の放送に戻りつつあった。

正岡はグルメ企画の打ち合わせでホルモン屋を訪れたとき、事件をネタに飲んでいる男に遭遇した。

男は焼酎サワーを飲みながらAについて話していた。男の頬は病的にこけており、グラスを持つ腕は細かった。

あんな無差別殺人をしても一円にもならんと言ったあと、妙なことを言った。

「ウトロは量が難しいんだよ。ワシも耳かきひとさじじゃ効かんから、二さじしたら死にかけたわ」

「ウトロを飲んだことあるんですか？」

正岡は思わず問いかけた。

「なんや兄ちゃん、どこのもんや？」

正岡が名刺を差し出すと、テレビマンであることに興味を示した。

ウトロは毒物指定を受けているが、特定毒物ではないので身分確認だけで手に入れることができると話し出した。

正岡がカメラを回していいかと尋《たず》ねると、驚いた顔をしたがすぐに相好を崩した。

男はSと名乗った。


正岡は局に戻るとSのインタビューを安藤に見せた。

安藤は身を乗り出した。いつもの正岡のインタビューを見る目と明らかに違った。

「おもしろいんじゃないか。放送していいか本人に聞いてみろ」

「事件とはまったく関係ないですけど、いいんですか」

「毎日、同じ映像ばっかり流してたんじゃ、視聴者も飽き飽きしてるだろ」

事件に進展がない分、視聴率は下がり始めていた。視聴者は味変を求めているのだと安藤は言った。

Sはモザイクをかけることを条件に了解してくれた。

ウトロについて調子よく喋《しゃべ》るSの語り、画面から漂ういかがわしさが、あの事件への興味を増すことになり、一度落ちつきかけた視聴者の好奇心を再燃させた。

翌日から、Sの家に報道陣が押し寄せた。有名な女性リポーターがマイクを向けるとSはよく喋った。捜査の情報よりSが出たほうが視聴率は上がった。瞬《また》く間《ま》にSはワイドショーという魔界のアンチヒーローとなった。

Sは妻と息子の三人家族だった。はぶりの良《い》い暮らしをしていた。サイドボードには高級なウィスキーがあり、海外で撮った家族写真が壁に数枚飾ってあった。

Sの生活は保険金詐欺《さぎ》を繰り返すことで成り立っていた。

正岡たちの前でそのスキームを自慢げに喋った。

Sはウトロを少量舐《な》め、意識朦朧《もうろう》とした状態で原チャリを運転し、電柱に突っ込む。そうすると保険がおりた。Sはその金をギャンブルに注ぎ込み、負けるとまたウトロを飲み、入退院を繰り返した。

ウトロの量を間違え二十日、昏睡《こんすい》状態になったこともあった。

体を張って保険金詐欺を繰り返したSはガリガリに痩《や》せていた。

しかし自分が苦しんでもらった金であり、誰かを傷つけているわけでもないと犯罪意識はなかった。金のあるところから取っているんだというのが口癖《くちぐせ》だった。

Sの出現で、最初に容疑者として浮かび上がったAはすっかり影を潜めていた。

小さい町ではモザイクを入れたところですぐ素性がバレてしまう。Sは余りの反響に気後れしてしまい、家から出てこなくなった。それでもマスコミは連日、家へ押しかけ、家の前から報道を続けた。

みかねたSの妻はマスコミに対して応戦した。しかし、それがまた話題を呼び報道はどんどん過熱していった。

事件の真相を究明するというより、なぜ取材に応じないのかという追及に変わっていたが、インパクトがある事象に変わりはなかった。

ある日、Sの妻がしつこいマスコミに対してホースで水をかけるという行為に出た。

正岡は間近で水をかけられ、その映像があまりにも滑稽《こっけい》だったので、「びしょ濡《ぬ》れ記者」と言われ話題になった。

そのとき妻が着ていたTシャツのブランドの株が暴落したこともニュース風に仕立て、くまなく伝えた。

あまつさえ視聴者はSが真犯人ではないかと思うようになった。真っ白な半紙に墨がじわじわと広がるように疑念が覆っていった。保険金詐欺と無差別殺人、まったく性質の違う犯罪であるにもかかわらず、報道はSのいかがわしさと犯人像を結びつけたのだ。

正岡は複雑な気持ちだった。自分の取材がきっかけで興味は完全にSの方に向いたのだ。Sにマイクを向ければ、Sの家族を挑発すれば、それなりの映像が撮れた。手慣れた東京の記者はアイドルのサインをエサに息子のインタビューをした。なにも知らない息子は野次馬気分で答えた。犯行を裏付けるものとは関係ないことだとわかりながらも放送し、それがちゃんと数字に跳ね返るものだから、スタッフはその手法から抜け出せずにいた。

主旨がずれていたとしても視聴者は勝手に脳内補完し意味のあることに置き換えてくれた。

また住人たちからSを庇《かば》うものは現れなかった。余計なことを喋って自分がターゲットになるのを恐れたからだった。

そして信じられないことが起こった。Sの家の近所のドブ川からウトロが検出されたのだ。Sはウトロを捨てたことを認めた。家宅捜索が行われ台所の戸棚からウトロが見つかった。

Sの顔からモザイクは外された。

Sが逮捕されたのだ。動機は、日頃、周囲の人たちにバカにされており、その腹いせで犯行に及んだということだった。

視聴者はSが犯人であることをすんなり受け入れた。

Sが連行される姿を息子は二階の窓から眺めていた。正岡は息子にカメラを向けた。

しかし、息子の目を見たとき、正岡は慌ててカメラを下ろした。絶対に撮ってはいけないものだと思った。

あの日ホルモン屋で、Sと出会わなければ、事件はどんな結末を迎えただろうか。

たまたま撮ったインタビューが世間に晒され、そこからダムが決壊するかのように真実を飲み込んでしまったのかもしれない。正岡は嫌な汗が止まらなかった。

集まった取材陣はSに向かってフラッシュを焚《た》き続け、マイクを向け続けた。バッファローに食いついたハイエナを引きずるようにパトカーはのろのろ走り出した。正岡はその場から動けなかった。

S逮捕のニュースは連日報道された。どのチャンネルをつけてもSが映っていた。

Sを見ない日はなかった。

たいした進展がなくてもSの報道は途切れることなく続いた。

あの事件から数年後、Sの死刑が確定した。しかし、Sは無罪を訴え続けた。

事件から十数年が過ぎた。インターネットの台頭で、テレビ離れが著しいと認知されているが、正岡もそのひとりであった。

もはや自宅にテレビ本体はなく、缶チューハイを飲みながらスマホを眺めるのが日課になっていた。

人差し指でつまらない記事や動画をはじき飛ばすのはストレス発散だった。

ある晩、人差し指が止まり震え出した。〝ある死刑囚の息子の手記〟という文字が目に飛び込んできたからだった。

人差し指で触れると手記が現れた。

「私は死刑囚の息子です。誰もが知っている事件の誰も知らないその後をここに綴ります。これは断罪された者、その家族の断末魔の叫びといったものではなく、強烈な光に当てられたときに出来た影の部分を言葉に記しておかなければならないと思ったからです」

一文字一文字がトゲとなり心に刺さるのを感じた。

親が死刑囚となった息子はその後、施設へと送られていた。そこで付けられたあだ名は〝ポイズン〟だった。そして死刑囚の息子という肩書きがついて回った。事件さえなければ、野球がうまい小学生、アイドル好きのこどもだったのだ。

誰もいなくなった実家は廃墟《はいきょ》と化し、野次馬たちによって落書きだらけにされていた。

その後、実家は放火され、帰る家を失っていた。

息子は施設から高校に通うことになった。毎日、生い立ち、環境をすべて嘘《うそ》で纏《まと》うことになった。めそめそしているといじめられるのでおどける。非行に走る余裕もなく、不良のパシリとして使われることになった。

ある日、素性がバレる。周囲の目が一斉に変わる。親友と呼ばれた者は労《いた》わるどころか、「なんで言ってくれなかった」と彼を殴った。

息子は学校も施設も嫌になり、脱走するがいくところがない。公園や公衆トイレで寝起きするが長くは続かなかった。

高校を出ると同時に施設も出された。生きるために働かなければならないが、働くためには素性を偽るしかない。飲食店でバイトを始めるが、また素性がバレる。食べ物を扱った事件なのでという理由でクビになった。

大人になるにつれ、自分の思春期が異常だったことに気づいた。家庭で育った者の常識、思い出、流行、風俗についていけない。実家はどこ？　どんな家族だった？すべて嘘で思い出を作り上げ話さなければ、普通の若者に同化できない。

彼女には両親を交通事故で亡くしたという嘘をついた。

それは愛した人に嘘をつき続ける後ろめたさを持ち続けることでもあった。

結婚を意識した彼女には本当のことを言う。一か八かどころではない重圧だった。本当のことを語ることが最大の罪のように思えた。フィアンセは過去を受け入れてくれ結婚することになったが、相手の両親にまた嘘をつくことになった。両親にお墓は？　実家は？　とありふれたことを尋ねられても嘘をつく。愛する人の横で嘘をつく。両親に優しくされる度に心が苦しくなる。フィアンセには両親には生い立ちを言わないでと言われたが、この世に自分の味方がいたと信じて両親に本当のことを言うと、

「あの事件の息子に嫁《とつ》がすために娘を育てたわけじゃない」と言われ、その言葉に頭が真っ白になって逃げるように家を飛び出した。フィアンセには「なんでバラしたの」と詰められ結婚は破談になった。

好きな人を作っても責任がとれないので恋することをあきらめた。知人には悪気なくわけありの人と付き合えばと助言された。

正岡は震えが止まらなかった。強烈な光で出来た影は、真実を語れず嘘を語り続ける人生を作ってしまった。

手記は最後、こう綴られていた。

「父親を乗せたパトカーを私はぼんやりと二階の窓から見ていました。ひとりの若い記者が私にカメラを向けたのですが、すぐに下ろしました。あの時から私の事件は始

まったのです」

正岡は東京にいた。手記を見た日から、気がつくと言い訳ばかりの自問自答を繰り返していた。

ある日、『スィンティラ』という見覚えのある看板を見つけた。店は味わい深いラーメン屋だった。店内は混んでいた。若い店員が注文を聞いてきた。壁にはたくさんの色紙が飾られ、取材された雑誌記事が貼《は》られていた。若い店員は答えに窮して店主を呼んだ。正岡はいつからこの店はあるのかと聞いた。

顔を見せたのは中年の男だったが、あのとき取材した店主だと正岡は気づいた。

「以前、お店を取材した正岡です」と名乗ると、店主は少し間があって、「覚えてます」と破顔した。

「東京に店を構えたんですね」

「もう十八年になります」

店主から事情を聞いて驚いた。東京に店を出したのはあの事件がきっかけだったという。東京から来たマスコミの間で、「美味しいラーメン屋がある」と口コミが広がり、連日、満員となった。そのとき、異口同音に、「東京でも人気店になるよ」というので東京行きを決めたという。

「私もあの事件で人生が変わったひとりです」

正岡はその言葉を聞いた瞬間、金縛りにでもあったかのように動けなくなった。店主は喋り続けていた。

「マスコミの方って、本当かどうかは別として、大衆の欲求を満たすために、みんなで寄ってたかってターゲットを煽《あお》りまくりますよね。そのうち、あれ、今何を見せられてるんだろうと、わからなくなりますよね。あれって、ありふれたことなんですか？」

「それは……」

正岡はあの日と同じように、嫌な汗が止まらなかった。

家を建てる

「是非ともウチにお任せください」八千山《やちやま》が誠心誠意そう言うと、目の前にいる谷原《たにはら》夫婦は大きく頷いた。初めて家を建てる家族は意気揚々としている。二人はまさにそれだった。谷原夫婦が納得するいい家を建てよう。それまでしっかりサポートしようと責任感が湧いてきた。

ハウスメーカーに勤める八千山はこれまで顧客のいろいろな要望に応《こた》えてきた。金持ちの悪趣味な注文もあった。材料費をケチりながら見栄《みえ》の塊《かたまり》のような豪華さを求められたりもした。それに応えるのが仕事だと思ってきた。大金を投じるのだから、わがままになるのもわかる。しかし、夫・タケシ、妻・ユミはそういった要望は一切してこなかった。身《み》の丈《たけ》にあった幸せな家を建てようとしているのが謙虚な態度でわかった。

「家は三度建てて初めて納得のいくものができるなんて言いますが、最初に建てた家で満足していただきます」と言うと谷原夫婦は嬉しそうに笑った。

谷原夫婦が選んだのは、都心から電車で四十分ほどのところにある住宅地だった。

そこに二十坪ほど土地を買った。急行は止まらないが、閑静で、駅周辺にはスーパー、学校、病院もあった。

八千山はパソコンを開き、CGで作成した完成図をプレゼンした。

谷原夫婦は提案を喜んでくれるだろうか？　この仕事のやり甲斐は、お客様の要望を具体的にカタチにすることだ。八千山は事前に夫婦のライフスタイル、購入予定の家電についてヒアリングし準備を進めた。八千山は人気アトラクションのクルーのように、二人を夢の世界へと誘《いざな》った。

「それでは快適な居住空間の旅へ、出発します」

八千山はマウスを動かし3D化された各部屋の説明を始めた。

シューズクローゼット内のコンセントの位置を少し高くすることで、電動アシスト自転車のバッテリーの充電をしやすくしました。

階段の一段目が空間になっているのは、お掃除ロボットの基地とするためです。

ウォークインクローゼットの柱が細長い物入れになっているのは、ネクタイとベルトを吊《つ》るすため。洗面台の下はヘルスメーターの置き場所となり、ドライヤー、電動歯ブラシ用のコンセントが引き出し内にあり、取り出してすぐ使えるようになっています。

ユミは、理想の収納スペースだと喜んだ。八千山は、玄関の説明を始めた。

玄関ホールには窓をつけず、ウォールスルー窓から光を取り入れるようにしました。入ってすぐ左にシューズとコートのクローゼットが並んでいます。こちらは壁と一体化するよう折戸は取手を付けずに開けられるものをお選びしました。シューズクローゼットには砂が入らないよう靴脱ぎ場より床を上げてあります。

リビングは、緑が見渡せる窓、大きな本棚、テレビボード、お子様のゆりかごスペースとスッキリしたレイアウトになっています。

トイレはリビングと寝室の間に設置し、就寝時も使いやすいようになっています。

寝室は質の良い睡眠を得るためのさまざまな配慮をいたしました。眠りが浅い原因に二酸化炭素の濃度が関係しているのをご存知でしたか？　そこで換気口を設置して常に新鮮な空気を循環させます。また目覚めをよくするには太陽を浴びるのが良いとされ、自動式カーテンをお付けしました。

クローゼットは二つスペースがあり、現在の衣類、シーズンオフの衣類、両方が使え衣替えをしなくてもいいようにしてあります。

キッチンは収納を重視したアイランドキッチンです。ダクトは壁にピタリと設置され圧迫感が気にならないようデザインされています。

洗面所はワンボウルにしては長めのカウンターになっております。化粧や洗濯物をたたむスペースとして有効に使うためです。天井に窓があるので朝から爽快感《そうかい》を味わえます。

また家庭菜園用のスペースを確保し、その横にコンポストを設置し、肥料を賄えるようにしました。

季節ごとにトマト、きゅうり、なすなどを収穫できますし、ウッドデッキで食事することもできます。いかがでしょうか。

谷原夫婦は拍手をして喜んだ。すべて予算内で賄えますと言うと、ユミは立ち上がり頭を下げた。八千山は心の中でガッツポーズをした。

依頼者との信頼が深まるにつれ、理想が現実に近づいていく。八千山はこの過程が好きだった。家作りは過程が楽しいのだ。

地鎮祭を済ませばいよいよ施工が始まる。その前に、八千山は谷原夫婦と近所の家への挨拶《あいさつ》に回った。文字通り、向こう三軒両隣、これからご近所さんになる人たちへの挨拶は大切である。ユミが用意した人気の焼き菓子は好評だった。

引き上げようとするとひとりの主婦が駆け寄ってきた。佐竹《さたけ》夫人だった。佐竹家はその昔、地主だった。今回の谷原夫婦の土地も元は佐竹家のものだった。

「お久しぶりです」と八千山が挨拶すると佐竹夫人は「元気だった?」と笑顔で言い、

「どんな方が来るのかと思って」

「すみません、私がご紹介するべきでした」

タケシは「はじめまして、谷原と申します。ご挨拶遅れて失礼しました」と頭を下げると、ユミは袋から焼き菓子を取り出し、「つまらないものですが、お納めくださ い」と頭を下げた。佐竹夫人は「こちらこそ」と薄く笑い軽く頭を下げた。

八千山の車に乗り込み、その場を後にした。八千山がバックミラーを見ると、佐竹夫人はいつまでも手を振り続けていた。


建築吉日の日を選び地鎮祭が行われた。儀礼にのっとり谷原夫婦は神前に作った盛砂に向かって鍬《くわ》で砂を掘った。その姿を八千山は動画に収めた。

帰り道、「谷原さーん」と声がした。振り向くと佐竹夫人だった。

「姿が見えたんで、大急ぎで来ちゃった」

「どうかしたんですか？」とユミが言った。

「ご近所さんに会ったら挨拶するの当然でしょ」

「わざわざありがとうございます。こちらからご挨拶に伺うべきかと思ったんですが、あまりしつこいのも失礼かと思いまして」とタケシが頭を下げた。

「そういうの気にするたちじゃないから。私はこの前一目見たときから奥さんが気に入ったの」

そういってユミの肩をポンと叩き、「私も一緒に住もうかしら」と澄ました声で言った。谷原夫婦が言葉を失っていると、「冗談よ」と笑い、「近所付き合いはユーモアも大切よ」と肩を竦《すく》めて微笑んだ。

佐竹夫人は「この間の焼き菓子のお礼」と紙袋を渡した。

「これ、奥さんにあげる。私がこんなことするの珍しいのよ」

「なんですかこれ？」

「ふふっ、開けてみて」

中身は韓国アイドルの写真集やＤＶＤだった。

「私の推しなの。一緒に応援できたらいいなって思って」

「…………」

「楽しみだわ」

そう言うと踵《きびす》を返し来た道を戻っていった。

「佐竹夫人、少しお節介《せっかい》なところがありますけど、言い換えれば昭和の世話好きなおばさんって感じなんですよ」

「いや、別に気にしてませんよ。最近、あんな方見ないから」とタケシが言った。

「そうですよね、昔は当たり前でしたよね、お節介って。私、離島出身なもんで、帰省すればあんな人ばかりですよ。いまだに家に鍵もしませんし、知らない子が晩御飯食べていたりしますからね。いいところもあるんですよ。怪しいやつがいたらすぐ気づくから強盗が出ないんですよ」

八千山は、やんわりと田舎と昭和の良さの話にすり替えた。


それから数日後、タケシから会って話がしたいと連絡があった。呼び出された喫茶店に行くと夫婦二人で待っていた。

八千山は、「佐竹夫人のお話ですか?」と聞くと「です」とタケシが被《かぶ》せるように言った。

たくさんあってどれから話していいかわかりませんが、そんな前置きをし、タケシはメモを開いた。そこには佐竹夫人とのやりとりが書いてあった。


まず三人のグループLINEを作らされてしまいました。断る理由も見つからなくて。『バンブー会』というグループです。名前は佐竹の竹から来ていると思います。

おはように始まり、昼何食べた? コストコ行こう? まあこんなのが日に何件も。

「佐竹夫人が自他の境がないんでしょうね」

タケシは冷めた口調で言ってグループLINEのやりとりを見せた。

佐竹「そうだ、あれ見た？」
ユミ「どれのことでしょう？」
佐竹「いやだ、この間渡したＤＶＤよ」
ユミ「すみません。家のことでバタバタしておりまして、まだ……」
佐竹「もう、そういうところだぞ、ユミっぺ（笑）」
佐竹「忙しいものね」
佐竹「かえって悪いことしちゃったわ」
佐竹「私のバカバカバカ」
ユミ「いえいえ、私の怠慢です。本当にすみません」
佐竹「許す！」
佐竹「ノープロブレム」
佐竹「無問題」
「私は怖くてこのやりとりに入れませんでした」
タケシはため息をついた。
また、知り合いの占い師に方角を見てもらうから設計図を送りなさいと言われました。もちろんこれはお断りしました。

あと、これは本当にゾッとしました。ある日、土地を見に行くと佐竹夫人がウチの家庭菜園を耕していたんです。肥料だと言って生ゴミを土に混ぜて。佐竹夫人が帰った後、二人で後始末しました。この人、自他の境がないばかりか、土地の境もないんですよ。

「なるほど。んー」八千山は目を閉じ腕組みをした。

少し時間をあけて言った。

「あのー、一応、一応、マニュアル通りの言い方をしますね。一応です。えー、多かれ少なかれ隣人トラブルはつきものです。その場合、冷静になることが大切です。感情的になりますと、余計に悪化する可能性……」

谷原夫婦が呆《あき》れ顔《がお》になっていくのを感じ八千山は話を止めた。

「わかりました。八千山がなんとかいたします」

そう言って頭がテーブルに当たるくらい下げた。

ここは自分が佐竹夫人と向き合い、なんとか受け入れてもらうしかない。それでもダメならなんらかの措置を取るしかない。

「待ってください。八千山さんが間に入ると、佐竹さんの気持ちを逆撫《さかな》でする可能性があります。やっぱり私たちが直接、お話しします」とユミが言った。

「いや、しかし……」

「ここは任せたほうがいいって」とタケシ。

「大丈夫。ちゃんと言えばわかってくださるわよ」

八千山はホッとした。


八千山は自分の不甲斐《ふがい》なさを恥じながらも、ユミが言うことが正しいと思った。佐竹夫人の性格からして第三者が立つことを一番嫌がるだろう。クレームをつけるといった陰険なことではなく、世話好きのレベルを下げてもらえばいいだけなのだ。

佐竹夫人にしてみても悪気があるわけではない。元地主として、谷原夫婦の面倒を見たがるのは普通のことなのかもしれない。自他の境がないことは、他者に無関心で寛容さが足りない今の時代には貴重なのかもしれない。一歩一歩いいほうに考えると、それが確証に変わり、なんとか乗り切れそうな気分になってきた。


数日後、タケシが示した動画を見て、八千山は呆然とした。

「あんたら夫婦は私を拒否したんだな。拒否したんだ。拒否したのか、そうか拒否したのか、あー拒否された。あー拒否された。あー拒否された。あー拒否された」そう言いながら佐竹夫人は去っていった。

八千山はあまりの恐ろしさに言葉が出てこなかった。

「もし仮にですよ、建設を取りやめるとしたら、どれくらい取り消し料がかかりますか？」

「そうですね……、取り寄せた資材をストップさせて、大工《だいく》たちの損害補償とか……」

えっ、中止も視野にいれている。八千山は焦った。取りやめとなれば、谷原夫婦の負担はかなりの額になる。それらは業者に支払われるため会社の利益はほとんどなくなる。

「タケシさん、私は平気だってば。無視すればいいのよ。もしなんかあればそのときはそのときよ。マイホームを諦めるなんて選択肢は私にはないわ」

あれ以来、佐竹夫人からの連絡はなくなった。

きっと自分の行動に気づき、自他の境に塀を築いてくれたのだろう。

着工の日、八千山は誰よりも早くやってきて大工たちが来るのを待った。

多少の騒音が出るため、事前に近所に挨拶回りもした。

マイクロバスが到着した。

「今日から、よろしくお願いします」と八千山が棟梁《とうりょう》に挨拶すると、「大丈夫かよ、立て看板」と言った。

「看板？」

「建設反対のだよ」

「はっ？」

ある家の庭先に『建設反対』と書かれた看板が立っていたという。

八千山が慌ててそこへ行くと、それは佐竹夫人の家だった。

目の前が真っ暗になった。

「どうだった、本当にあっただろ」

「はい」

「極力、騒音は気を付けるから心配するな」

「はあ」

資材を積んだトラックがやってきた。トラックは土地の手前で止まり、クラクションを鳴らした。

「おい、静かにやれって言ったろ！」と棟梁が怒鳴った。

運転手は窓から顔を出し、地面を指差した。

佐竹夫人が道の真ん中に仰向けになっていたのだ。八千山は頭に血が上った。

全力で駆け寄り、佐竹夫人を起こそうとしたとき、

「痴漢ー！　痴漢ー！」と叫ばれた。

慌てて手を離したが、佐竹夫人は叫び続けた。「助けて」

八千山がスマホでその姿を撮影しようとしたところで、叫び声は止まった。


八千山がそのことを二人に伝えると、タケシは黙って下を向いた。建設を中止すれば出費がかさむ。家を建てたら佐竹夫人という厄介な隣人を気にして生活しなければならない。どう判断していいのかわからないようだ。

すると、ユミがテーブルを両手で叩いて言った。

「私、闘うことに決めました。絶対に家は建てます。なんなら向こうに出ていってもらいます」

タケシは驚いていた。ユミの目は輝いていた。八千山は夫婦の顔を交互に見ていた。


佐竹夫人の夫は保険会社に勤めており長年単身赴任していることがわかった。ひとり息子がいるが既に成人しており、実家に立ち寄ることはほとんどないこともわかった。

毎日ひとり淋《さみ》しく生活していることは想像できたが、それがなぜ嫌がらせにつながるのかは理解できないとユミは言った。

ユミは完全に佐竹夫人とやり合う気満々になった。八千山はユミの手下となって動き回ることになった。

ユミは、「八千山さん、基本、こちらからは一切、手出ししないでください。あっちが手出しした瞬間、一一〇番してください」と言った。

ユミの作戦は的中した。マイクロバスから大工たちが降りてきたとき、佐竹夫人が蹴《け》った石がたまたま若い大工の足に当たった。その瞬間、八千山は「はい、暴行罪」と鋭く叫び一一〇番した。

駆けつけた警官に佐竹夫人を突き出した。これで問題は解決するかもしれないが、さらにことを大きくする可能性もある。

それからは今までのことが嘘だったように佐竹夫人の嫌がらせは収まった。

警察沙汰《ざた》になったのがこたえたのか、あれ以来姿を見せなくなった。

今までの遅れを取り戻すかのように工事はピッチをあげた。

八千山はこの件で、ユミがとても頼もしく思えた。

建設工事も順調に進み、半分ほど完成したときのことだった。

八千山のスマホが鳴った。画面は非通知と出た。電話に出ると、相手はユミだった。

「あのー、今よろしいですか」

「どうしました?」

「実は……、家を建てるのをやめたいんです」

まさかタケシならともかく、ユミが言い出すとは思わなかった。

「家が完成しても、佐竹さんとの関係が続くと思うと……」

ユミはどこかで心の糸がぷつりと切れたのだろう。八千山はそう悟った。

「今、中止となりますと、これまでの経費はすべていただくことになります」

「それは承知しています。もちろん払います」

「わかりました。今まで本当にご苦労をおかけしました。お力になれず申《もう》し訳《わけ》ありませんでした」

「いいんです。八千山さんは誠心誠意、よくやってくれたと思っています」

「そういっていただけて、言葉もありません」

「じゃあ、建設は中止ということでお願いします」

「はい。それでは書類を作成しますので、それに押印をお願いします」

「………」

「こちらからお伺いしますので、お越しにならなくても結構です」

「ハンコはなきゃいけませんか？」

「はい。大きなお金が動く話ですので」

「でも、本人が中止と言ってるんだから、それでいいじゃない」

「そういうことではなく、契約解除のお話ですので」

「どうしてもダメですか」

「はい。こればかりは」

「じゃあ、いいよ！　あああああああああああああーーーーっ、また、拒否された！」

　と電話は切れた。八千山は呆然とした。そして、その直後、電話の相手が誰だったかに気づいた。

今関の恋

今関《いまぜき》が人を好きになったのは、前の職を心の病気で辞し、新しい職に慣れたころのことだった。出会いは飲み屋のカウンターだった。隣に座ったのが偶然なのか運命なのかはさておき、どちらからともなく会話が始まり、相手が話し今関が聞く、今関が話し相手が聞く、そのリズムが心地よかった。また話は口から永遠に万国旗を出す手品のように尽きなかった。こんなことは初めてであった。二人は飲み屋の喧騒、灯《あか》り、匂い、音楽、酒が作り出す雰囲気に溶け込んでいた。つまり二人はその光景に調和していたのだ。

今関は初め恋をしていることに気づかなかった。気が合うという気持ちと恋心は別な感情だと思っていたからだ。

今関はその女性を心で思うとき、あの子と呼んでいた。ちゃんとした名前はあるが、謎《なぞ》めいている部分が多く、あの子という言い方が相応しいと思ったからだ。

あの子は絵描きだった。目に見えないものを描きたいと言った。例えば教会の鐘の音のようなものだと言った。

今関も似た仕事をしていた。ペンキ職人である。筆と刷毛《はけ》。キャンバスと壁。描くと塗る。

共通点が多いように思えたが、塗装屋は客の要望に応え、決められた納期に間に合わせるのに対し、絵描きは自分の描きたいものを描き、自分が納得したときに完成する。唯一の共通点はお互い爪《つめ》の縁に色のカスがこびりついていることだった。

今関はまだ修業の身だった。毎日、退屈していたところ、地元の先輩にスカウトされた。高校を出て一度、就職したが心の病気で退職した過去もある。スカウトというのは先輩の小島《こじま》と卓球をしたとき、ラケットさばきがしなやかだと褒められ、これは刷毛さばきに通じるものがあるとまた褒められた。多分、その場で思いついたお世辞だとはわかったが、退屈にも退屈していたところだったのでお世辞を真に受けることは自然な流れでもあった。

今関の刷毛さばきを社長も褒めてはくれたが、それ以降叱《しか》られることのほうが多かった。塗装の仕事は奥が深かった。ムラなく塗れたら一人前の世界だ。ムラなく塗るということは塗料をすべて同じ量、同じ厚さに揃えることだ。

この仕事に本気で取り組もうと決めたのは、離島にある古びた教会の補修工事で、社長が塗装した教会を見たときだった。社長は言った。塗装屋は建物に似合う最高の化粧をするんだ。確かにその教会は周囲と見事に調和していた。権威的でもなく、周りの木々、集落に溶け込み穏やかに佇《たたず》んでいた。新旧を感じさせない絶妙なアイボリーに塗られた教会は建物自体が祈っているように見えた。

その話をあの子にしたとき、しばらく何も言わず何かを考えていた。

「絵描きも修業するの？」と今関が聞くと、あの子は大きく頷きデッサンの話をした。デッサンとは自分の描きたいものを描く能力を上げるための修練だという。

目の前にある対象をくまなく観察し、鉛筆あるいは木炭を使い、形、空間、質感をスケッチブックに描き起こす。

立体物を平面に描くには観察が重要だ。モチーフの手前と奥の位置関係はどうなっているのか？　一番明るいところと一番暗いところはどこか？　こういった観察を積み重ねたこたえが一枚の絵となる。また正確に描けるようになるにはとにかく回数をこなすしかない。だからデッサンは修練なのだとあの子は言った。

あの子は飲み屋のコースターの裏に今関の顔を描いた。まじまじと観察している。凝視されている。性格、価値観、性癖まで覗かれているようだった。見る時間と描く時間は九対一の割合で圧倒的に見る時間が長かった。

あの子の描いた絵はそっくりだった。どうして似せられるのかと聞くと、似せるために嘘も描いているのと言った。どこが嘘なのか今関はわからなかった。あの子は笑ったままで嘘の正体を教えてはくれなかった。

あの子がもっと塗装の仕事の話を聞かせてと言うので、屋上の防水加工の塗り方を教えた。

床をコーティングするには順番が大切だ。間違えると自分の足元部分が残り、離れ小島に取り残されたようになる。なるべく屋上の壁に近いところを最後に残し、足元まで塗ったところで手すりに登り、柄《え》の長い刷毛で最後の面を塗る。

そんな話をあの子は嬉しそうに聞いていた。

絵描きとペンキ屋の恋は新しい年になっても続いていた。

初詣《はつもうで》の帰り、神社近くの居酒屋でおとそと称して日本酒で乾杯した。

松の内の東京の空は紫みの薄い明るい青色。塗料でいうと日塗工《にっとこう》番号「67－70L」だ。

あの子はアトリエの壁を塗ってほしいと言った。今関は二つ返事で了承した。仕事を請け負った気になった。

あの子のアトリエは、かつて海苔《のり》問屋の倉庫だった天井の高いワンルームだった。ここで住居も兼ねているという。

部屋の真ん中に、緑色のソファーがある。今関はそこに座った。するとあの子が隣に座り、

「どんな色にしようか？」と言った。今関はなぜかドキドキしながら塗料のサンプルを開いた。あの子は食い入るように見ていた。肩が触れる度、胸が高鳴る。この時間が永遠に続いてほしかった。多分、このまま見つめ合えば唇を重ね合わせるだろう、多分。多分、このまま肩に手を回せば大人の関係になれるであろう、多分。多くの多分が今関の脳裏を浮遊した。

散々迷った挙句、あの子は江戸紫を選んだ。日塗工番号「85－50P」だ。

社長にあの子の話をすると「いい仕事してやれ」と言って、ガロン缶をくれた。

今関はいつものニッカポッカ姿、あの子は白いTシャツにオーバーオールを着ていた。足場が組み終わり、いざ始めようとするとあの子は大音量でロックをかけた。絵を描くときいつもその日の気分にあった音楽をかけるという。髪をかきあげ体を揺らしている。今関はどうしていいかわからずペンキを塗ることに集中した。

昼はデリバリーでハンバーガーを注文した。緑色のソファーに座り、ペンキが手についたまま乱暴にポテトを摑《つか》み、コーラと一緒に口に放り込んだ。ケチャップをたっ

ぷりかけたハンバーガーを頬張《ほおば》る。口を拭《ふ》いたナプキンを丸めてそこらに投げ捨てる。自堕落なランチはとてもエロティックに思えた。

午後、あの子はソファーに横たわり寝息を立てていた。

そのまま壁画に描きたい天使のような寝顔だったが、絵が描けない今関は丁寧にムラができた部分を塗った。

社長の信条は、お客から「キレイな仕上がりですね」「丁寧な作業をありがとうございます」と言われることだった。そのため塗装屋は、お客が希望する色を実現させるために塗装する物の材質や塗料の色を徹底的に考えなければいけない。そうしなければ、長持ちして、なおかつ見栄えが良い高品質な仕上がりにはならない。

職人は真面目《まじめ》な情熱がなければ務まらない。今関はそこに共感した。社長や先輩に少しでも近づくために修業をしている。

前にいた会社で今関はロボット同然だった。

今関が心の病気で会社を辞めたあと、必要だったのは誠実という薬であり、丁寧に生きるというリハビリだった。

また、今関にとって社長は主治医のような存在であり、一人前の職人になることが完治することだと、修業に励んだ。

ムラなく丁寧に塗料を重ね、部屋中が綺麗《きれい》な江戸紫に染まったころ、あの子は目を覚ました。猫が背骨を丸めるどこか生意気なポーズのように、あの子は大きく両腕を伸ばした。今関は綺麗に仕上がった壁を右手で指した。

あの子は完成した壁を黙って見つめた。すぐに喜んでいないことに気づいた。不機嫌な顔であのムラがよかった、ムラだからよかったと言った。誰かに褒められようとしているのが嫌いと言い、そして君はなんにもわかっていないと言った。

今関は急に腹が立ち反対の考えを言った。ムラを残すことは社長を裏切ることのような気がした。

それ以来、今関の心にムラが生じた。

職人の道に芸術家は邪魔だ。いや、自分があの子の才能の邪魔をしている気もする。一人前になって言い負かしたい。でも、あの子が離れていくのが怖い。やっぱりあの子をどんどん好きになっている。

最後に会ったのは春の雨の夜だった。無数の白い水玉が地面に弾んでいた。あの子の後ろ姿は雨に包まれ、ふっと消えた。

春の国道沿い、今関はくしゃみを繰り返しながら、あの子を探した。ティッシュはどこだ？　鼻水が止まらない。それよりあの子はどこだ？　洟《はな》をかみたい。ポケットをまさぐるとコースターが出てきた。あの子が描いた似顔絵を見つめると映画が始まるようにあの子との思い出が蘇《よみがえ》った。


あの子と連絡が取れなくなって二週間が過ぎた。

この日の現場は社長と先輩の三人だった。ある豪邸の外壁塗装だった。

外壁塗装の条件は、気温が五度以上、湿度が八五パーセント以下、強風、雨、雪ではない、結露が起きていないなどが挙げられる。したがってこの春先から仕事が忙しくなる。あの子のことを少しでも忘れられるので忙しいことはありがたいことだった。

しかし、この時期の仕事は大変だ。花粉症の今関はN95というカップ型マスクを装着するが、鼻が詰まっているので息ができない。しばしばマスクを外し口で呼吸をする。酸欠の鯉《こい》のようだ。ましてやあの子のことをふと考えてしまい無呼吸状態になり、陸の鯉は恋を患い、口をパクパクさせている。

昼休み、今関はコースターをぼんやりと眺めていた。

今やあの子との物質的な思い出はコースターだけだ。

「そっくりじゃん」「誰が描いたんだ?」振り向くと社長と先輩が立っていた。

今関は何か助言をもらえないかと今の気持ちを吐露した。

あの子とはある日を境にパタリと連絡が取れなくなった。何度LINEを送ってもなしのつぶてだ。ＬＩＮＥのやりとりは大袈裟《おおげさ》だが生き甲斐《がい》だった。今何をしていた、これから何をするといったたわいもないやりとりだったが、言葉のキャッチボールが単調な毎日を彩《いろど》ってくれた。既読にならない、それだけのことでこんなに胸が苦しくなるとは思わなかった。どれもこれも初めての経験だった。飲み屋で知り合い意気投合したのも初めてだった。出会ったばかりの相手と夢中でＬＩＮＥを交《か》わしたのも初めてだった。返信を心待ちにして頻繁にスマホを見るのも初めてだった。やるせない気持ちが心を覆っている……。

「なんか重い。そこがうざいんじゃないのか？」と先輩は希望のないことを言った。

「忙しいのかもな」と社長は少しの希望を残してくれた。

二人に相談したのが間違いだった。社長は塗装のことにしか興味がない。いかにいい仕事をしてお客に感謝されるかに人生を懸けている。最近はスイーツ作りを始め、クリームも塗装だと言ってコーティングにハマっている。また先輩は小五になる娘にしか興味がない。休日になればどこかへ出かけ、仕事後も一目散に帰宅する。娘の部屋の壁を誕生日ごとに塗り替えたりもした。今年はピンクに塗り替えたらしい。

今関は午後から仕事再開の前に、あの子から返信がないかをチェックしたが既読にもなっていなかった。長閑な春の日差しが、今関には黄昏《たそがれ》に見えた。

会社でシャワーを浴びたあと、爪に溜まったペンキをブラシで落としていると、いつのまにか社長が隣にいた。

「体調はどうだ？」

「まあ、普通です」

「発作は？」

「今のところは」

「彼女のことで、また体調を崩していないか心配でな。小島も気にしていたぞ」

「はあ」

「もし辛かったら少し休んでいいぞ」

「…………」

今関の前職はウェブディレクターだった。会社で今関は、ユーザーが無意識に不利な行動を取るように設計された悪意あるサイトのデザインを作らされた。退会したいがなかなか退会方法に辿り着けない、そんな仕掛けを考えることが利益につながる。今関が心を壊すのは時間の問題だった。過呼吸になり外に出られなくなったのだ。

社長はお客の要望に予算と期日を守り、丁寧に応えるのを信条としていた。

「お前が傷付いたら、俺がその傷にペンキを塗ってやるから」今関の肩に手を載せ社長は言った。

職人の手だ、今関は肩のぬくもりを感じながらそう思った。

三人で飲むのは久しぶりだった。

社長はクーポン券があるからと最近オープンした居酒屋を選んだ。

娘が生まれてから付き合いが悪くなった先輩が久しぶりに参加し社長は嬉しそうだった。

社長は小鉢、刺身、揚げ物など絶妙なバランスで注文し、グラスが空くやいなや、店員に追加を頼んだ。

店員は明るく、愛想がよく、店の雰囲気と調和していると社長が言った。

「ひとつ報告があるんです」

先輩が改まって言った。途端に社長の表情が引きしまった。

まさか辞めるとでも言い出すのか、そんな不安がよぎった。

「実は……」と先輩が切り出したタイミングで隣のテーブルに二人の女性客がやってきた。

店員が今関に「お荷物、移動しまーす」と言い、椅子のリュックを収納ボックスにしまった。

隣に若い女性が二人座った。先輩は話を止め、隣の注文が済むのを待っていた。

MRC (Mephisto Read

本書をお買い求めいただき、ありがとうございます。

MRCはメフィスト賞を主催する講談社文芸第三出版部が運営する
「謎を愛する本好きのための会員制読書クラブ」です。
読者のみなさまに新たな読書体験をお届けしたいという思いから
「Mephisto Readers Club」は生まれました。
次ページよりMRCの内容についてご紹介しておりますので、
よろしければご覧ください。

読書がお好きなあなたに、素敵な本との出会いがありますように。

MRC編集部

ers Club）をご存じですか

3. 買う

MRC ホームページの「STORE」では、以下の商品販売を行っております。

MRC グッズ

本をたくさん持ち運べるトートバッグや、ミステリーカレンダーなど、
無料会員の方にもお求めいただける MRC グッズを販売しています。

オリジナルグッズ

綾辻行人さん「十角館マグカップ」や「時計館時計」、
森博嗣さん「欠伸軽便鉄道マグカップ」などを販売いたしました。
今後も作家や作品にちなんだグッズを有料会員限定で販売いたします。

サイン本

著者のサインと MRC スタンプいりのサイン本を、
有料会員限定で販売いたします。

4. 書く ←New！

「NOVEL AI」

映画監督も使っている文章感情分析 AI「NOVEL AI」を、
有料会員の方は追加費用なしでご利用いただけます。
自分で書いた小説やプロットの特徴を可視化してみませんか？

1. 読む

会員限定小説誌「Mephisto」

綾辻行人さん、有栖川有栖さん、辻村深月さん、西尾維新さんほかの超人気作家、メフィスト賞受賞の新鋭が登場いたします。発売前の作品を特別号としてお届けすることも！

会員限定 HP

MRC HPの「READ」では、「Mephisto」最新号のほか、ここでしか読めない短編小説、評論家や作家による本の紹介などを読むことができます。

LINE

LINE 連携をしていただいた方には、編集部より「READ」の記事や様々なお知らせをお届けいたします。

AI 選書「美読倶楽部」

好きな文体を5回選択するとおすすめの本が表示される、AI による選書サービスです。

2. 参加する

オンラインイベント

作家と読者をつなぐトークイベントを開催しています。

〈これまでに登場した作家、漫画家の方々〉

青崎有吾、阿津川辰海、綾辻行人、有栖川有栖、五十嵐律人、河村拓哉、清原紘、呉勝浩、潮谷験、斜線堂有紀、白井智之、須藤古都離、竹本健治、辻村深月、似鳥鶏、法月綸太郎、方丈貴恵、薬丸岳、米澤穂信（敬称略、五十音順）

MRC大賞

年に一度、会員のみなさまに一番おすすめのミステリーを投票していただきます。

社長はおしぼりでテーブルを拭いたりと落ち着かなかった。今関はどうか変な話ではないようにと祈った。

女性客が生ビールで乾杯したあたりで、先輩は居住まいを正して言った。

「俺、タトゥーを入れようと思っているんですよ」

「は?」

「なんでまた?」

「けじめとして」

「なんのけじめだよ? モンモンなんてカタギのすることじゃないだろ」

「タトゥーは今や普通のことですって」

「娘はどうするんだよ。知られるとヤバいだろ」

「その娘とのけじめなんですよ」

先輩はそう言いながらトーンを落とし、

「娘に言われたんです。パパとはもうお風呂には入らないって」と嘆息した。

クラスの女子たちはもう父親とは入浴していないことを知っていたが、パパが可哀《かわい》想《そう》と十歳の誕生日まで猶予を与えてくれたらしい。

「娘にもう裸を見られることがないという証にタトゥーを入れようと決心しました。けじめっていうのはそういう意味です」

「お前さ、夏場、Tシャツの袖《そで》から絵柄《えがら》が覗いたんじゃ、お客さんが怖がるだろうよ」

「そんな目立つところには入れません。背中にこれくらいのを」と先輩は手で輪を作った。

先輩はスマホの写真を見せた。そこには愛くるしいチワワが映っていた。

「犬を背中に入れようと思っているんです」

今関は愛くるしいチワワが先輩の背中で戯《たわむ》れているのを想像し噴き出してしまった。

「おめー、何笑ってんだよ」

「すみません」社長のほうが笑っていたが叱られたのは今関だけだった。しかし、先輩が辞めるなどと言わなかったことに安心した。今関にとって三人の調和がとてもありがたかったからだ。

「スマホの待ち受けじゃダメなのか？」

「待ち受けは娘なんで」

「そういうことじゃなくてよ、何も体に彫ることないだろうって話だよ」

「タトゥーは、娘との入浴関係を卒業した証なんです」と繰り返し言った。

犬は縁起がいいとも言った。

「犬は、信頼、忠実、強さ、友情、護衛、勇気、知恵って意味があるんですよ」

「お前に足りないものばっかだな」

今関は笑いを堪えた。

「で、いろいろ調べたんですけど、最近多いみたいなんですよ、愛犬タトゥー」

愛犬が亡くなったりしたときに思い出に入れる飼い主が多いらしい。

写真を持っていけば、三、四時間ほどで入れてくれ、金額は四万円前後だという。

「まあ、仕事に支障をきたさなきゃいいんじゃねぇか」

その言葉に先輩はホッとしたようで、泡のなくなったビールを一気に飲み干した。

それから愛犬の写真をスクロールしながら、タトゥーに相応しい写真を選び始めた。

「おい、今関、これなんかいいよな」と先輩は選んだ写真を見せた。

「この写真も捨てがたいですね」と言いながらも、今関も伝えたいことがあった。

「実は……」

そのときだった。

「あのー」「あのー、すみません」あのーが二回続いた。隣の席の女子が声をかけていた。

「あ、うるさかった?」と社長が言った。

「私も話に参加してもいいですか」

いきなりのことに先輩は「はあ」としか返せなかった。

「私もタトゥー入れるんです。明日」

女子はミカと名乗り、友達のユカを紹介した。今丁度タトゥーの話をしており、そうしたら偶然、隣からもタトゥーの話が聞こえてきたのでびっくりして声をかけたと言った。

こんな現象をシンクロニシティというらしく、これは運命だと興奮していた。

「実は予約した彫り師さんと連絡がつかなくなったんです」

ミカと名乗った子はほぼ体勢を今関たちに向けて喋った。

「ずっと連絡してるんですが、既読にもならなくて」

「それは困ったね」

「俺の彫り師を紹介してやろうか」

ミカは大きく首を振った。

「あの人の作品に私がなりたいんです」

その彫り師の才能に魅せられ、私が作品になって世間に広めたいと言った。

「わかるその気持ち」そう言ったのは社長だった。

「ペンキ屋もさ、町中に作品を展示してるようなものだからな」

今関はある話を思い出していた。ペンキ屋になって数日経ったころだ。

社長と先輩はカリスマ美容師はどうしてカリスマになれるのかについて話していた。先輩はたまたま上客に認められたり、イケメンでモテたりした運のいいやつと言った。

社長は違った。お客の要望に応える美容師は普通で、カリスマになれる者は、お客が気づかない魅力を引き出すことができると言った。感動した客は、カリスマ美容師の作品になろうとまた髪を切りに行く。魅力を引き出された髪型は生活する中でいろいろな人の目に留まることになる。お客は動く作品となって美容師の評判を上げる。それでカリスマになるのだと言った。

ミカの作品という言葉にえらく共感した社長は、

「どんなの彫る気なの？」と興味を示した。

ミカはポケットから紙を取り出し見せた。

そこには画家の作品があった。宇宙空間にピンク色の扉が漂っている絵だった。

「どこでもドアみたいだな」

ミカはこの扉は『運命の扉』だと説明した。その下に“Our meeting was not a coincidence. Nothing happens by accident.”と英文があった。

社長は英語を発音しようとしたが途中で諦め、「どういう意味？」と言った。

ミカは流れるような発音で英文を読み、

「『出会いは偶然ではない。すべて運命なのです』」と言い、映画『スターウォォーズ』に登場するクワイ＝ガン・ジンの言葉だと言った。

今関はドキッとした。あの子と連絡が取れないのは、出会いが運命ではなかったせいなのかと思ってしまった。

「今日、ミカちゃんに会ったのも偶然じゃなく運命なんだ」

「そうなんです。だから声をかけたんです」

社長はこうやっていつもいい方向に物事を塗り替える。そこが素晴らしいところだ。

水をさしたのは先輩だった。

「でもさ、連絡が取れないってことは、そういう運命じゃなかったってことじゃないのか」

「……やっぱりそういうことなんですかね」

「余計なこと言うんじゃねえよ。きっと連絡取れるって信じなよ」

今関は、社長が仕上げた教会を思い出した。あの見事に調和の取れた教会の姿だった。古くなった壁にペンキを塗り重ねるように、人生は上書きされていく。出会いと別れは、そのひと塗りに過ぎないのだ。だからこそ心を込めていい方向に塗り替えればいいのだ。

そう思ったとき、スマホが震えた。

あの子からだった。一瞬嬉しさが込み上げたが、すぐ不安な気持ちに染まった。

今関は画面を見つめた。

今関は心臓をバクバクさせながら、塗装屋は塗り替えるのが仕事だと言い聞かせた。もし別れ話だったら、また塗り替えればいいのだ。

今関は電話に出た。

「もしもし、あのさ思ったんだけど、アトリエの壁、やっぱあのままでいいと思う」

「ムラがあった方がいいって言ってたじゃん」

「社長さんの塗った教会の壁を見て考えが変わった」

「えっ、見に行ったの!?」

「言わなかったっけ?」

あの子は何事もなかったかのように話していた。

「あの教会の壁を見たとき、気づいたの。ムラは意図に作るものじゃない。時間をかけて自然にできるものだって。そんなことより、そこの風景と調和することが大切なんだよね。君がムラなく塗った壁は私のアトリエに調和してるし、それが愛だって気づいたの」

心を壊し、社長に出会い、あの子の壁を塗ったのは偶然ではなく運命なのだ。運命を信じて扉を開けるのが人生なのだ。

今関は何度も頷きながら、ペンキ屋という仕事とあの子が大好きだと改めて感じた。

店は賑わっていた。客たちの喧騒と店員のはつらつとした声が調和していた。

法医解剖医

私は遺体である。まだ成仏できていない。

どこで死んだかは知っている。私はとあるキャンプ場の川で水死体となって発見された。第一発見者は妻だった。妻の証言によると、夫は早朝、散歩に出た。朝食の時間になっても戻らないので探しに出たら、川べりでマグボトルを握ったままうつ伏せに倒れていた、ということになっている。

警察の見解によると、私は川の水を汲《く》もうとしたところ足を滑《すべ》らせ転倒。そのとき、額を強打。結果、脳震盪《のうしんとう》で意識を失い、大量の水を飲み込み溺死《できし》した。しかし、それはまったくの出鱈目《でたらめ》である。私は妻とその愛人に殺されたのだ。

マグボトルに川の水を汲もうとしたところまでは本当である。そのときいきなり背後から突き飛ばされ川に転倒した。そのまま後頭部を押さえつけられ殺されたのだ。その証拠として、顔全体に擦過傷がある。息ができず苦しくて顔を何度も揺すった。傷は川底の砂利で擦過されてできたものだ。脳震盪を起こした事実はない。

私は無念の死を遂げた。事故死と見せかけ殺されたのだ。

これから検死が始まろうとしている。私はまな板の鯉である。果たして検死によって立派な殺人であることが明らかになるであろうか。そうでなければ死んでも死にきれない。真実を明らかにできるかは法医解剖医の腕にかかっている。

申し遅れたが私は法医解剖医だ。

殺されたことも悔しいが、それと同じくらい、数少ない法医解剖医がまたひとり、この国から減ったことが悔しい。法医解剖医は国内には百五十人しかいない。現在、医学部や医科大学は全国に約八十校あるが、ひとつの大学に法医学の学生は約一・六人。全国三十四万人の医師の中で、地方には法医学の医者がひとりしかおらず、一県でひとりの法医学医が三百六十五日、解剖を請け負っている。その貴重な法医解剖医がまたひとり減ったのだ。

医師は人の命を助けるのが仕事だが、我々法医解剖医は遺体を解剖し、なぜ死に至ったかを調べるのが仕事だ。病院あるいは自宅で医師の診療のもと亡くなる、ある意味「予定通りではない死」をすべて異状死（アンナチュラル）と呼ぶ。ゆえに異状死は無数にあるのだ。

法医解剖医は病気やケガを治すのではなく、犯罪を見逃さない正義感が必要である。鑑定報酬は国費で賄われる。解剖謝金の場合、九千三百六十円（一時間）である。

まもなく解剖が始まろうとしている。

最後の望みとして、担当する法医解剖医がベテランで誠実な医師であることを祈った。

自動扉が開いた。法医解剖医が入ってきた。……若い。そして見るからに頼りない医者だった。今にも私は不安で体が硬直し絶望で口から泡を吹き出しそうだった。

ちなみに溺死の特徴は溺れてもがくあまりに口から泡を吹く。酩酊《めいてい》状態や眠って風呂で溺れる場合、口から泡は出ないということも付け加えておく。

私が不安と絶望に苛《さいな》まれたのは、目の前にいる若者が法医解剖医に必要な要素を持ち合わせていないように見えたからだ。若い医師はありがちな先入観に頼ってしまう。

法医解剖医に必要なのは、卓越した記憶力。調査力。遺体と対話する力だ。

これまでのエビデンス、法医解剖知識を目の前の遺体に重ね合わせる。重なるものもあれば、そうではないものもある。それが遺体との対話である。つまり思い込みで判断してはいけないということだ。先入観こそが真実の邪魔をするといってもいい。

この若い医者と同じ歳のころ何度も先入観に騙《だま》されそうになったことがある。

手から足まで全身刺青《いれずみ》をしているヤクザの組長のご遺体。見るからに悪人顔である。誰もが他殺を確信したが検死の結果は自殺だった。

ある女性が死んだ部屋は、部屋中の隙間が目貼《めば》りで密閉されていた。そしてご遺体の隣には練炭が並べられていた。確実に練炭自殺を想像する。しかしその場合、ご遺体はピンク色になるが変色が認められなかった。また一酸化炭素も検出されなかった。検死では肺に疾患があった。その女性は長年、肺を患っており、それが苦で自殺を図ろうとしたが、一酸化炭素中毒になる前に肺炎で亡くなっていたのだ。

繰り返すが法医解剖医はエビデンス、医学知識と目の前の遺体を重ね合わせ、先入観を捨て、遺体と対話をするのが仕事だ。

経験が浅い法医解剖医は先入観に惑わされ判断を誤ることがある。

この法医解剖医は先入観のまますぐに事故死と判断してしまいそうで心配でならない。


オレは疲れている。ここのところ働きっぱなしだ。

法医解剖医がこんなに忙しいとは思いもしなかった。とにかく人が少ないのだ。この県にオレひとりしかいない。牛丼《ぎゅうどん》チェーンのワンオペより過酷だ。

毎日、臓器ばかり見ていると、何を見ているのかわからなくなる。ゲシュタルト崩壊だ。そのうち、オレも崩壊しそうだ。

助手から遺体の書類を受けとり、ざっと眼《め》を通す。犬飼五郎《いぬかいごろう》、七十歳。死因、脳震盪による溺死。妻の証言から判断すると、川で転倒、その際、脳震盪を起こし、死因が溺死となっている。

警察からは一応それ以外の可能性がないかを調べてほしいと言われたが、見た目からしてメタボの老人が、足がもつれて川に転倒し、脳震盪を起こし、溺死したに違いない。

その証拠に顔面を強打した傷が顔中にある。いるんだよ、キャンプでやたら張り切るじいさん。

このまま診断書書いてしまおうかな。今ならサウナも間に合う。

検死が始まった。私の魂は法医解剖医の背後に立ち、彼が読んでいる資料を覗き込んだ。やはり脳震盪による溺死と書いてある。遺体をくまなく調べれば、それが偽りであることなどすぐ気づくはずだ。

まず身体の傷を調べ、死斑《しはん》で死亡時刻を推定し、さらに頭、胸、腹にメスを入れ調べれば死因を特定できる。法医解剖医は外科医と違い、治すのではなく真実を調べるのが仕事だ。

顔の擦過傷を見れば、私が川底でもがいたときにできた傷だと気づくだろう。

しかしこの法医解剖医は私の顔を見ようとしない、なぜだ？　さっきから時計ばかり見ている。

後頭部を見てくれ。押さえつけられた痕跡《こんせき》があるはずだ。例えば爪などによる引っかき傷だ。

擦過傷、後頭部の爪の痕《あと》、これらを総合すると事故死ではなく、他殺の線が浮上する。おい、とっとと調べろ！　ちゃんと真実に気づけ！　と私は背後から念を送った。

身体がだるい。心もだるい。モチベーションが湧かない。

同期たちはみんな医師という立場をフルに生かし、人生を楽しんでいる。

オレは来る日も来る日も何も語らない遺体と向き合っているだけだ。帰って寝てまた起きて遺体と向き合う、そんな毎日に飽きていた。第一検死をしたところで警察の所見と違う結果になることは滅多《めった》にないのだ。

この法医解剖医からはまったくやる気が感じられない。さっきからぶつぶつ呟《つぶや》くだけで手が動いていない。身体の傷を見ようともしなければ、頭、胸、腹を開こうともしない。法医解剖医の多くは都市に集中している。東京など大都市の解剖率は二〇〜三〇パーセントだが、地域によっては二〜三パーセントなところがありほとんどが解剖されず済まされると聞いたことがあるが、私はその二〜三パーセントに入ったにもかかわらず、何もしないとはどういうことなのか。私は理解に苦しんだ。

オレはあの事件が起きる前までは、ひとりでも多くの人を救う外科医になろうと直《ひた》向《む》きに努力する医学生だった。

あの事件とは、指で臓器を押している動画がネットにあがり大炎上したことだ。ある朝、起きたらその動画がワイドショーで流れていたのだ。全チャンネルにオレが臓器をツンツンしている姿が映っていた。あまりのことにオレはその場で吐いた。ワイドショーで『臓器ツンツン医学生』とありがたくないあだ名をつけられ連日放送された。

オレは瞬く間にただ目立てばいいという大バカ者にされた。

すべてはオレが悪いのだがあの事件は誰かにはめられたものだった。そもそも牛のレバーを人の臓器に見せかけたもので、仲間内にしか動画を見せていなかった。しかし誰かが勝手にそれをネットにあげた。

最初、オレは反論めいたことをしたが、それは火に油を注ぐ行為で、言い訳がましいとさらに炎上した。

マスコミは少しでもインパクトが弱まる都合の悪いファクトは報道しない。承認欲求が強いバカな愉快犯に仕立て上げてこそなのだ。

外科医への道は断たれた。毎日、部屋に閉《と》じ籠《こも》り授業にも行かなかった。

しかし、ある教授との出会いがオレを変えた。燻《くすぶ》っていたオレを見捨てなかったのはその教授だけだ。

教授は言った、あなたは人の命を救う医者ではなく、人の汚名をそそぐ医者になりなさい。死体は一言も、言葉を発しません。しかし、丹念に死体を観察すると、ものいわぬ死体が真実を語りだします。その手助けをするのが法医解剖医です。

オレはその言葉に心臓を撃ち抜かれた。自分にぴったりの言葉だったからだ。教授は法医解剖医が主人公のドラマを見せてくれた。「ありうる！」が決めゼリフのイケメンの俳優が突然死の謎を解き、事件の凶器で殺意を見極め、親の虐待を暴《あば》きこどもを救い出す姿に感動しこの仕事を選んだ。

オレは誰かの晴らせなかった無念を法医解剖医として救おうと決めた。

こんなやる気のない医者でも、我が国では数少ない貴重な法医解剖医のひとりなのだ。

私はこれまで積極的に医学生を法医解剖の道へと勧誘してきた。法医解剖医は外科医と違って手術で失敗することはないとか、今度、ドラマになるらしいよなど、いろいろな口説き文句で誘った。

あるとき、あるバカで間抜けで救いようのない医学生が、臓器を指で押して楽しんでいる動画を世間に晒されて大炎上したことがある。本人は誰かにはめられたと訴えたが、そんなことはどうでもよかった。私はこの医学生に近づき囁いた。

あなたみたいな人こそ法医解剖医になるべきだ。その医学生はすぐに私の口車に乗ってくれた。法医解剖医になったところまでは記憶しているが、今どこで何をしているのかはわからない。きっとこんなはずではなかったと愚痴《ぐち》を吐きながら法医解剖医を続けているだろう。

オレは初心という大切な気持ちを忘れていた。

あのとき、教授は言った。先入観をまず捨てなさい。私たちの仕事はご遺体の人権を守ることです。そうだ結果がどうあれ、遺体の声を聞き、対話し、人権を守るためにこの仕事を選んだのだ。

オレの体の奥のほうから、やる気というエネルギーが湧いていた。

メタボの老人が、足がもつれて川に転倒し、脳震盪を起こし、溺死したという先入観をまず捨てよう。オレはくまなく遺体を見た。

この顔の擦過傷はなんだ？　額を強打しただけでこんな傷がつくだろうか。誰かに頭を押さえつけられ、苦しくてもがいたときの傷なのかもしれない。

オレはもう一度、警察の所見を読み直した。

どうしたんだ？　こいつ急にやる気を出した。

顔にある擦過傷を見つけ、後頭部を調べ始めた。

オレは遺体の後頭部に、引っかき傷を見つけた。ん？　これは誰かに頭を強引に押さえつけられたときにできた爪の痕では？　額の擦過傷はそのときにもがいてできたものだ。

そうだ、それは犯人の爪の痕だ。これで私が押さえつけられ窒息死したことがわかるはずだ。

つまり溺死ではなく、他殺だということが判明する。あと一歩だ。ガンバレ、法医解剖医！

これはもしかして他殺かもしれない。だとしたら犯人は誰だ？

複数の犯行かもしれない。

「銀行強盗かなんかの仲間割れ？」とオレは思わず声に出して言った。

バカ！　飛躍しすぎだ。先入観を捨てて、よく考えろ！

「もう一度、警察の資料を見せてくれ」

どうも妻の証言が怪しい。溺死と言い切るところが引っかかる。

「もしかして犯人は妻か？　愛人と妻の犯行……。ありうる！」オレはドラマで見た法医解剖医のように叫んでいた。

いいぞ、その調子だ。先入観を捨てたからこそ真実が見えたのだ。

お前は今、半人前から一人前に脱皮しようとしている。

遂に無念を晴らす時がきた。

待てよ、オレは今、法医解剖医は先入観を捨てろ！　という先入観に陥《おちい》っている。

最初の所見を覆し、ドラマの法医解剖医のように手柄《てがら》を立てようとしている。

そんなくだらない功名心など捨てるべきだ。きっと教授はそれを言い続けてきたに違いない。

目の前の遺体は、やはり水を汲もうとして誤って転倒し亡くなったのだ。

オレはそう判断し、書類に検死結果を書き込んだ。

違う、バカ！　お前は全然わかっていない。先入観を捨てろ。いや捨てるな！

私は叫び続けた。

本当にありそうなホラー

明け方に降った雨は、午前中にはあがったが、アスファルトはまだ濡れていた。

空は鉛のような重い雲に覆われていた。

恵川朝子《えがわあさこ》は虚《うつろ》な眼差《まなざ》しで窓の外に目をやり、ふと空を見上げ、あの日と同じだと思った。

朝子は黒いジャケットを脱ぎ、白いブラウス姿になった。そしてかき上げた髪をおろし、前髪で額のガーゼを隠した。カバンと一緒に床に置いた紙袋からは白い花が覗いていた。

少し経ってドアが開き、プロデューサーの高梨《たかなし》が入ってきた。

高梨は『本当にありそうなホラー』というオムニバスのドラマを長年担当している。

ジャンルは、ミステリー、ホラーを扱い、視聴者から、『ホンホラ』と略され親しまれていた。

『ホンホラ』は脚本家を目指す者たちにも門戸を開いていた。

一話、二十分ほどの脚本は若手の実力を計るのに丁度いい長さだったからだ。

高梨はまずはプロットを書かせ採用するかどうかを決めた。プロットとはどのようなキャラクターが登場し、どうはじまりどう終わるのかを書いたあらすじである。

この時点で似た作品がなかったか、盗作の疑いはないかなどチェックをする。

朝子は脚本家志望だった。なんとしても採用され脚本家としてデビューしたかった。

「お待たせしました。プロデューサーの高梨です」

「初めまして、恵川朝子です」

「今回が初めての応募かな?」

朝子は「はい」と頷いた。高梨の視線はおでこを見て何か言おうとしたとき、ドアが開き、監督の小柴《こしば》が入ってきた。

「ホン打ちが押しちゃって」と慌ただしく席に着き、中折れハットをテーブルに置いた。

プロデューサーと監督が揃ったところで、朝子のプロットが配られた。

「えっと、読む前に登場人物を説明してもらえる?」

「はい」と答え相関図を渡した。

主人公・メグミ(30)彼氏・シンイチ(31)

友人・エリ(30)エリの彼氏・エイジ(28)

「名前はとりあえず仮です。登場人物は四人です」

「わかりました。それでは読ませてもらいます」

と高梨と小柴はプロットを読み始めた。

ある休日の朝、メグミがキッチンで弁当を作っているところから始まる。前の晩、シンイチから卵焼きと唐揚げは絶対入れてとＬＩＮＥが来たので、狭いキッチンは卵の殻、小麦粉、ボウルなどが散らかっていた。ようやく弁当が完成し、メグミは換気扇の下でタバコを吸いながら、朝方見た夢を思い出していた。

夢の中でシンイチが「戻ってこい。戻ってこい」と何度もメグミを呼んでいた。なぜそんな夢を見たのかは、メグミはわからなかった。

インターフォンが鳴った。

出るとモニターにフルフェイスから目だけ出したシンイチが立っていた。メグミが「エリたちは？」と聞くと、下からエリとエイジがジャーンって言いながら現れた。それを見てメグミは笑った。

メグミはリビングにあったシクラメンの鉢植えを浴室に隠してから出かけた。

表に出るとエイジのクルマにエリが乗っていた。

メグミはシンイチから赤いヘルメットを受け取り、シンイチのバイクの後ろに乗った。

メグミはシンイチのバイクのエンジン音が好きだった。スロットルを回して回転数を上げるときのウォンウォンという音に興奮を覚えた。


この日の天気は曇天。今にも泣き出しそうな空模様だった。

メグミは「雨になるかも……」と呟き空を見上げた。

休日とあって大通りは混んでいた。三車線の右のレーンは右折車で渋滞していた。シンイチのバイクはその横を擦り抜けて先頭に立った。

メグミがふと後ろを振り向くと、エイジとエリが車の中で言い争っているようだった。

メグミは昨晩のことを思い出した。

前の晩遅くにメグミの家にエイジがやってきた。

「これ預かってくれない？　付き合って一年の記念日にエリの好きな花をプレゼントしようと思って」と白いシクラメンの鉢植えを渡した。

ダブルデートのあと、メグミの家でみんなで鍋《なべ》パーティーをやることになっていた。そのときに渡すという算段だった。

帰り際、エイジは、「今、俺たち危ないんだ。エリに好きな人ができたみたいで」そんなことを漏らした。

それが口喧嘩《くちげんか》の原因ではないかとメグミは思った。

メグミは曇天の空を見上げ不安な気持ちになった。

信号が右折の矢印に変わり、バイクは走り出した。

四人がやってきたのは閉園の決まった遊園地だった。

バブルのころにオープンし、当時はデートスポットとして賑わっていたが、アトラクションの老朽化、そしてコロナなどの影響を諸《もろ》に受け、時代に取り残された遊園地となった。

この日も来園者は少なくひっそりと静まりかえっていた。四人は閉ざされたゴーストタウンに足を踏み入れたかのようにゲートをくぐった。

園内の大半はシャッターが下りていた。

少し行くと古い屋敷《やしき》があった。表札に『足刈りの家』と書いてあり、隣に立札があった。

「ねぇ、ここ入ろうよ！」とメグミは無邪気に言った。

「足刈りの家と呼ばれるその家には、数十年前、美しい女性、歩美《あゆみ》が嫁いできました。結婚生活は幸せではなく、彼女は結婚前に付き合っていた男性からもらった赤い靴を誰もいない部屋で履くのを楽しみにしていました。ところがその姿を夫に目撃され、夫は激怒、鎌《かま》を手にするや……『足を刈ってやる』」
「設定からしてめちゃ怖えーな」とシンイチは両腕をさすった。
エリは「嫉妬《しっと》すると恐ろしいのって男のほうだよね」ポツリと言った。
そのとき、エイジの顔色が変わったのをメグミは見逃さなかった。

入口に靴を脱ぐよう注意書きがあった。四人は玄関で靴を脱ぎ、恐る恐る足を踏み入れた。薄暗い廊下を進む。カビ臭い冷気を感じながら歩いていると、誰かがエリの足を摑んだ。エリは悲鳴をあげ誰かに抱きついた。抱きついた相手はシンイチだった。咄嗟《とっさ》に、エイジは見て見ぬふりをした。
メグミはムッとした。

『足刈りの家』は怖さのクオリティが高く、出てきても四人は興奮冷めやらぬと言った感じだった。（※ここから四人が観覧車、コーヒーカップ、メリーゴーラウンドを楽しむダイジェスト）
そして昼食。メグミがお手製のお弁当を広げると歓声が上がった。
小判形のおにぎりが三列に九個並んでいる。おかずはシンイチのリクエストの卵焼きと唐揚げ。他にアスパラの豚肉巻き、チーズちくわ、プチトマト。種類も豊富、彩りもキレイな完璧《かんぺき》なお弁当だった。

そろそろ日も暮れ、一気に冷え始めたので帰ることになった。

エリはメグミに一緒に車で帰ろうと誘った。

メグミはシンイチのバイクで帰りたかったが、鍋の買い出しもあったのでそうすることにした。

シンイチは車の後ろを走っていたが、小雨が降りだしたのでスピードを上げて追い抜いていった。

(※バイクが車を追い抜くスローモーション。メグミの不安そうな顔のアップ)

メグミはスーパーで買い出しを済ませて、車に乗ったとき、車内にはエイジしかいなかった。

丁度、エリはトイレに行っていた。

「エリのやつ、昨日、誰かと朝まで飲んでいたみたいなんだ。それがシンイチらしいんだ」

「まさか」とメグミはそういうのが精一杯だった。

(※『足刈りの家』でエリがシンイチに抱きついたシーンがフラッシュバックされる)

そこにエリが戻って来る。

車内は重苦しい空気が流れた。

「ねぇ、シンイチって合鍵《あいかぎ》持っているの?」とエリ。

「いいや、持ってない」とメグミ。

「だったら、早く帰らないと可哀想だよ。エイジ、急いで」

その言葉を聞いてエイジは表情ひとつ変えずスピードを出した。


メグミたちが着くと、シンイチはまだ着いていなかった。

鍋の準備をしているうち、戻ってくるだろうと思っていたが、一向に戻ってこなかった。

メグミは心配になりシンイチに何度も連絡したがつながらなかった。

「俺たちで、探してくる」

「メグミは家でシンイチを待っていて」

エイジとエリがシンイチを探しに出かけた。

メグミは「どうか無事であって」と祈りながらシンイチの帰りを待っていた。

すると着信があった。シンイチからだった。

「もしもし、どこにいるの?　どうしたの?　なにかあった?」問いただすメグミの声を遮り、「そこは危ない！　今すぐこっちへこい！　聞いているか！」と訴え続けた。

あまりのことに「何が危ないの」と聞いたが、シンイチは「とにかく部屋を出ろ！　早く、早くしろ！」と執拗《しつよう》に言い続けた。

シンイチに言われるがままメグミが部屋を出ようとしたとき、エリとエイジが戻ってきた。

「どこに行くの？」とエリはメグミの前を塞いだ。

「今、シンイチから連絡があって、家を出ろって」

「ダメ、行っちゃ」とエリは両手を広げ制した。

「いいか、メグミ、よく聞いて」とエイジはメグミの両手を摑んだ。

「国道で事故があった。そこに行ってみたらシンイチのバイクが倒れていたんだ」

「うそよ、だって今、シンイチから連絡があったばっかり」

「それは霊よ。シンイチは事故で死んだの」とエリが言った。

「信じられない、だって、だって、今、シンイチと話したもん」

とメグミは二人を振り切ろうとした。

「ダメ、行っちゃ！　メグミも連れていかれるわ」

「俺たちと一緒にいよう」

エイジとエリはメグミを羽交《はが》い締《じ》めにして止めた。それでもシンイチの元へ行こうと必死にもがくメグミ。力ずくで止めようとするエイジとエリ。

そのとき、メグミは二人の手を見て悲鳴を上げた。なんと二人の腕は血だらけだった。

メグミが振り向くと、エリの髪の毛は焼け爛《ただ》れ、顔の右半分が陥没していた。

エイジは口から血を出し、腹部から内臓が飛び出していた。

エリは豹変《ひょうへん》し両手でメグミの肩を押さえつけ何度も上下に揺すり続けた。

「離して！」と必死にもがく。エリの血でメグミの身体中が赤く染まった。

エリは「私と一緒に行くのよ」を連呼し、揺さぶり続けた。

エリの頭蓋骨《ずがいこつ》がメグミの額に当たり血が出た。

メグミはありったけの力を振り絞って逃げようとしたが、

「私と一緒に行くのよ、一緒に行くのよ、一緒に行くのよ！」と二人はメグミを離そうとしない。

メグミはどんどん気が遠くなっていった。そのときだった。

「戻ってこい！　戻ってこい！」と朝方見た夢のようにシンイチの声が聞こえた。

メグミが目を開けると、シンイチが立っていた。

「よかった、もう大丈夫だ」とメグミを抱きしめた。

メグミは病院のベッドで寝ていた。

「エイジとエリは？」と聞いたが、シンイチは黙ったままだった。

事故にあったのはシンイチではなく、エイジが運転していた車だった。

エイジはエリのことで気が動転し、交差点で信号を無視。そのとき走っていた霊柩車に追突。運転席のエイジと助手席のエリは即死した。

後部座席のメグミは九死に一生を得、病院に運ばれたのだった。

その後、メグミはシンイチと共に事故現場を訪れガードレールのたもとにシクラメンを手向《たむ》けた。

二人が手を合わせたところからカメラは上昇し、二人はどんどん小さくなっていった。

それはまるであの世からエイジとエリが見ているようだった。

（完）

朝子は二人が今どのあたりを読んでいるかは気配でわかった。空はどんより曇っていて今にも雨が降りそうだった。

読み終わると高梨は、「こういう話を待ってたんだ」と言い、小柴も「これぞ『ホンホラ』ですよ」と言った。

「では、恵川さん、正式に脚本をお願いします」と高梨。

「はい」朝子は笑顔で答えた。

「ホン打ち、いつにしようか」と小柴。

高梨はホワイトボードに役名を書いた。

「メグミのイメージある？」と高梨に聞かれ脚本家になれるという実感が湧いた。

それから思い思いの俳優を言い合った。予算やスケジュールの関係で思うようにならないことがあるが、こうしてあーだこーだと話している過程が楽しいと小柴が言った。

朝子が帰り支度をしていると、

「この話は、ネットで拾ったとか、誰かのパクリじゃないよね？」と高梨に念を押された。

「はい。もちろん」と朝子は微笑んだ。


テレビ局の前にバイクが一台止まっていた。

朝子が黒いジャケットを着て、赤いヘルメットをかぶり、後部に乗るとバイクは走り出した。

朝子は、運転する男にしがみつき、心地良いエンジン音を聞いていた。ほどなくしてバイクは交差点で止まった。

朝子はガードレールのたもとにシクラメンを手向け手を合わせた。

哀悼の最中、朝子は男との会話を思い出していた。

「エリはエイジのことを好きだったのかな?」

男は「誰よりもエイジのことが好きだって、俺にそう言った」と言った。

「あの前の晩、エリといたって本当?」

男は頷いた。

「俺が朝子のお母さんに交際を反対されて落ち込んでいるのを知って心配してくれたんだ。どんなことがあっても別れないで、ってエリに言われた」

朝子がゆっくりと目を開けると、晴れ間が覗いていた。

飢餓訓練

「いいんだけど、なんか弱いんだよね」薄い肯定と曖昧《あいまい》な否定を編集長にされ、また企画が通らなかった。

山里《やまさと》は緊急企画会議と称して、ライターの腰山《こしやま》とカメラマンの布川《ふかわ》を、ガード下の居酒屋に招集した。とは言ってもいつもの飲み会である。

山里はX出版の編集者で『ZUBA』という雑誌を十年担当している。『ZUBA』は世相をズバッと斬《き》り、読者に爽快感を与える雑誌として立ち上げられた。創刊から五年は毎週発行されていたが三年前に隔週になり、今年から月一の発行となった。

広告費には一切頼らずに部数で勝負という創刊からの方針は今も変わってはいないが、部数は減り続け、読者の高齢化も進み、今はかろうじてWEB版の有料配信が雑誌を支えている。

今求められている企画は、中高年の読者にインパクトを与えるもの。但し、健康情報と老人のセックスは禁止という歪《いびつ》なストライクゾーンに球を投げなくてはならない。

編集長は「お前が本気でおもしろいと思ったモノを掘り下げれば読者はついてくる」と言うが、それは表向きで配信が回ることしか考えていない。この間も雑誌名を『ZUBA』から『BAZURU』に変更しようと役員に提案した。（あまりにも品がないと却下されたが）

読者と編集者が今よりもずっと若く、自分の好きなサブカル記事を書いていたあのころが懐かしいというお決まりの愚痴を吐いた後、山里は「このままだとコタツ記事で枠を埋めることになるぞ。そんなの嫌だからな。何かおもしろいネタないのかよ」ホッピーを足しながら言った。

すると腰山がフンと鼻で笑い、「今に、『オレは昔、コタツ記事を書いてたもんだ』とか『コタツ記事を書いてたころが懐かしい』なんて時代が来るかもだぞ」と言った。

「そんな時代、来てたまるか」

「いや、時代っていうのは次々と価値観を上書きしていくもんだよ」

腰山のザンない言葉に場はしらけてしまった。

そんな空気を察してか、

「そうだ、この間、飲み屋で隣にいた人から聞いた話なんだけど」と腰山が口を開いた。

腰山は社交的な男で、主にスナックに足を運び、そこで知り合った人からいろいろな話を仕入れてくる。

「ある村に今も変わった風習が残っていてさ。匠《たくみ》親子っていうんだ」

腰山によるとその村には家具職人たちが多く住んでいるという。

村で生まれた男はこどものころから親の仕事を見て育ち、将来家具職人を継ぐのが当たり前らしい。

「その村で中学三年になった男の子は、ある期間、他の家具職人の家に住み込み、その家のこどもになって生活する制度があるんだ」

「ホームステイみたいなもの？」

「第二の親みたいなものかな。その期間はお父さん、お母さんって呼ぶらしいから」

腰山によると男の子は家族同然、同じものを食べ、寝起きを共にし、一緒に生活しながら、カンナの掛け方、ノコギリの使い方、木の選び方、といった家具職人に必要なことを学ぶという。

「家具職人の技術が途絶えないように、継承するよくできたシステムなんだ」

腰山によると、実の父親から技術を学び、第二の親から新たな技術を学ぶことによって、立派な家具職人へと育っていくという。

「なるほど、それで匠親子ってことか」

「その匠親子にはひとつだけ大事な掟《おきて》があって、匠親子に行ったところに年頃の女の子がいた場合、絶対に手を出してはいけない」

この匠親子は江戸時代から続く制度であり、誰ひとり掟を破った者はいないという。

「第二の親の娘に手を出すなんて、それは絶対にやっちゃいけないことだよ」

「ある意味そんなの近親相姦《そうかん》じゃん」

「でもな、その掟を唯一、ひとりだけ破ったやつがいるというんだ」

山里と布川はのけぞって驚いた。

「そいつトンデモない野郎だな」と布川が言い、

「誰だよ、そのトンデモないクソ野郎は？　許せん！」と山里が憤った。

「興味津々で、その掟を破ったのはどんな奴なんですか？　って聞いたんだ。そうしたら」

「そうしたら？」と二人は顔を腰山に近づけた。

「『俺だ』って自分を指差したんだ」

「えっ、飲み屋で隣になったその男がクソ野郎かよ」

腰山も、本人からこの事実を聞いたとき、思わず口から水割りを噴き出したという。

「ほとんどの村人は、あんなヤツ村八分だ、村から追い出せみたいなことになって大変だったらしいよ」

「当然の報《むく》いだよ。で、村を追い出されたのか？」と布川が聞き、

「俺が第二の親ならブッ殺すよ」と山里が憤った。

腰山は一拍置いてこう言った。

「ところがこの話には続きがあって、今の奥さんがその手を出した娘さんなんだ」

「えーっ」

山里と布川は再びのけぞって驚いた。

腰山によると、男はその後、村人に白い目で見られながらも修業を続けた。そしてどんなに周りが反対しようとも二人は別れなかった。遂《つい》に両親も折れて結婚を認めた。その後、二人の娘を授かり暮らしているという。

「その男の還暦の宴会で、あれだけ反対していた第二の親が村の人の前で、俺の自慢は娘が本当にいい旦那《だんな》をもらってくれたことだって、挨拶したんだって。もうそれが嬉しくてありがたかった。やっと長年の後ろめたさが消えたって、泣きながら語っていた」

「なんだ、最後はいい話かよ」

「クソ野郎とか言って悪かったよ」

腰山は当然のように、その話に感動し「今度はあなたが匠親子で息子を取って恩返しする番ですね」と言ったところ、「そんなもん取らん！　だってウチには年頃の娘が二人もいるから」と言われたそうだ。

「やっぱ、クソ野郎だなそいつ！」

三人は笑った。笑い声はすぐに居酒屋の換気扇に吸い込まれる煙と一緒に消えた。

山里は言葉にこそ出さなかったが、一度の過ちを許す寛容さが自分にはあるのだろうかとか、周りから白い目で見られながらも愛を貫《つらぬ》く勇気はあるのだろうかと自問自答した。

「おもしろいよ。取材しようよ」と言った。

そして目を輝かせ、

「うん、いい話だ」と布川が賛成した。

「なんて村?」

「それがさ、名前、思い出せないんだよね……」

「はっ?」

「なんでだよ」

山里は『匠親子』を検索したが該当する事柄《ことがら》は出てこなかった。

「どこで会ったんだ。それくらいは覚えてるだろ?」

「いや、それも……思い出せない」

腰山によると、たまたま入ったスナックだったので、場所も日時もまったく思い出せないと言う。

「なんだったの、この時間」と山里はため息をついた。

「……そうだよな」そう言って腰山はホッピーを掻《か》き混《ま》ぜた。

すっかり場が白《しら》けてしまった。

「しようがないから、餃子《ぎょうざ》か猫特集、やりますか」と腰山が言うと、

「嫌だよ、そんなんで売れたって嬉しくないよ」と山里が声を荒らげた。

ネットに転がっていない面白いことなど、中々見つからない。それでも探し続けなければならない。再び山里が自問自答していると、そんなループが嫌だからと言ってコタツ記事を書くような輩にはなりたくない。

「ねぇねぇ、キガクンレンってやったことある？」布川が言った。

「んが？」山里は鼻濁音をあげた。

布川は紙ナプキンに『飢餓訓練』と書いた。

漢字を見ても山里は意味がわからず首を傾げた。

「やっぱ、そんなリアクションか。ウチの島だけなのかな」と布川は呟いた。

布川は人口千人ほどの小さな離島の出身であった。

飢餓と訓練の意味はわかるが、今まで聞いたこともない言葉の組み合わせ。これまで聞いた訓練の中で一番厳しそうな響き。山里は直感的にこの四文字に興味が湧いた。

「その飢餓訓練とやら、詳しく聞かせてくれ」と山里が言うと、

「小学校のころなんだけど」と布川は話し始めた。それは島中の者が参加し、丸一

日、飲食をせずに過ごすもので、島の小学生は教師に引率され、洞窟《どうくつ》で一夜を過ごしたという。

「なんでそんなことするわけ?」

「いやー」と布川は首を傾げて、「そういうもんだと思っていたからな」と口をすぼめて言った。

「災害があっても生き延びるための訓練なのかな」

「それにしても、厳しすぎだろ。飲まず食わずって」

布川によると空腹で泣き出したり、不調を訴える者もいたという。

「今は流石《さすが》にやってないけどさ」

「当たり前だよ、今だったら大問題だ」

と布川と腰山が言い合っていると、「それ行けるよ?」と山里が言った。体験者たちの証言を集め、『奇習　飢餓訓練の真相』とすれば通ると踏んだ。

すぐに編集長から取材の許可が出た。怪しい雰囲気を前面に出せと助言もあった。この取材がうまくいけば『島の奇習』というシリーズができると期待された。なにせ日本には無人島も入れて一万四千もの島が点在する。そこには何かしら都会では考えられない奇習があるはずだ。取材の成功は雑誌のヒットを意味した。日本中の島々のひとつひとつに奇妙な風習があると思うとすべてが宝島に思えてきた。

そもそも日本列島も世界から見ると離島のひとつなのかもしれない。


布川は祖父の葬儀以来二十年ぶりの帰省だった。本島まで飛行機で行き、そこからチャーター船に乗り換えた。船底で海を擦るように進む船は波頭を砕き、その水飛沫《みずしぶき》はもろに船内へと飛んでくる。船自体がパンクバンドのライブのようなヘッドバンギングを繰り返した。山里と腰山はランチで食べた搔《か》き揚《あ》げうどんを吐きまくった。吐くものがなくなっても嘔吐《おうと》は続き、よだれなのか胃液なのか波飛沫なのかわからない断末魔《だんまつま》のパンクライブが続いた。やっと縦ノリが収まり、山里の目の前に大海原が広がった。空の青と海の青との境界線を見ると視力も心の視力も良くなる気がした。

そしてその先に小さな島が見えてきた。

港が近づいて来ると、布川は真面目な顔つきになりこう言った。

「俺が犬を飼ってること内緒な！」

「なんで」

布川は、パグの雌を飼っていた。

「うちの島、犬を飼っちゃダメなんだ。飼っているのがバレたら『祟りが起きる』とか言われるからさ」

布川によると、その昔、島に逃げてきた武将を島民がかくまったことがあった。ある日、役人たちが武将を追って島に来た。武将は船に隠れたが、犬が吠《ほ》えたことにより見つかってしまい、その場で首をはねられ、かくまった島民も殺された。それ以来、犬は裏切者《うらぎりもの》の証と忌《い》み嫌《きら》われ、犬禁止令が出されたという。

「前に犬を飼ってるのがバレて村八分になったヤツもいたんだ」

「なにからなにまで変な島だな」と腰山は横たわりながら言った。

布川の生まれ育った島は、全体像はほとんどが山に覆われ、ふもとあたりの一角に集落が広がっていた。布川によると、島の裏側にも同じような集落があるという。

港が近くなってきたあたりで山里は目を疑った。防波堤に『凱旋《がいせん》　布川泰造《たいぞう》君』と書かれた横断幕を持ち島民が出迎えていた。布川は満面の笑みで手を振りそれに応えていた。

歓迎してくれた島民とは反対の方向にひとり、釣りをしている老人がいた。

「あのじいさん、なんか怪しくていいな」

「あとで取材してみようぜ」と山里と腰山が話していると、布川は、

「あいつまだいたのか。あのじじいだよ犬を飼って村八分になったヤツ」と言った。

三人は島で一番新しい民宿に宿泊した。山里が荷物を解いていると布川が妙なこと

を言った。まだ島民たちには『飢餓訓練』の取材で来たとは伝えていないという。

「どういうことだよ？」

「まず島民と打ち解けなきゃ、なにも始まらないんだ。だから今は撮影も禁止」

布川によると島に来る理由を事前に言うのは御法度《ごはっと》であり、島民に仲間と認められればどんな依頼も聞き入れてくれるという。

「だってお前、この島出身だろ」

「いや、俺はもう余所者《よそもの》だ。一旦《いったん》島を出たからな。いいか、何を出されても断らずに食べろよ、それが掟なんだ」

〝掟〟という言葉を日常会話で初めて聞き、山里は震えた。

三人で近所を散歩していると、先ほど港で見かけた老人が話しかけてきた。

「お前ら、余計なことすると、俺みたいになるぞ」

布川はすかさず、「無視しろ。一緒にいるところ見られると厄介だ」と言い老人を追い払った。


夕刻、公民館で歓迎会が開かれた。

まず漁師のボスが採れたてエビを剝《む》いてそのまま食えと差し出した。口の中で甘味がとろけ、醬油も何もいらない美味《うま》さだった。今日三人が来るということで、カツオがくるわ、サワラもくるわ、石鯛《いしだい》もくるわ、タコもくるわ、あらゆる魚介類が用意された。

「魚は海にキープしてるようなもんやけんね」とボスは豪快に笑った。

　そのどれもがほっぺたが落ちそうなくらいの美味さだった。とにかく客人をもてなすのが風習だという。酒に関してのもてなしは尋常ではなかった。なんとビールを一口飲んだらすぐに注《つ》がれる。コップの二割なくなったところで注ぎたさなければ失礼にあたるという。三人は注がれるままに飲み続け、島民と共に大いに酔い、大いに食べた。

　すっかり満足したころ、今度は寿司屋に行くとボスが言い出した。「はっ？」山里と腰山の目が点になる。「断るとさ、×■△○だから……」もう布川は呂律《ろれつ》が回っていなかった。

　とりあえず公民館を出ようとしたが靴が見当たらなかった。

「なんぞ、探しとるんけ？」と島民が言った。

「えっと、靴が見当たらなくて」と山里が言うと、「靴はみんなのもんたい」と島民が誰かの靴を履いて出ていった。島民にとって靴は旅館のつっかけのようなものなのだ。

　三人も誰かの靴を履いて後を追った。

　三人は軽トラの荷台に乗せられた。

「生牡蠣《なまがき》好きか？」と島民に聞かれたので、山里は「まあ」と頷くと、今からもらいに行こうということになり、裏側の集落へと車を飛ばした。

途中、道端《みちばた》に警官がいるのが見えた。「荷台に乗っているの、やばいんじゃないか」と山里が言ったが、運転手はわざわざ警官に近づいた。

「おう、荷台に東京から来た大事なお客さん乗せてんや」と島民が言うと警官はなにも咎《とが》めることをせずに笑っていた。

「ちょい拳銃《けんじゅう》貸せや」と助手席の男が言うと、「あの今日潮風がキツいんで錆《さ》びるから交番に置いてます」と警官が言い、「嘘や、拳銃あるやろ」「ないです、ないです」「あるやろ拳銃貸せ」と戯れあいが続いた。なんでも二人は先輩と後輩らしい。

この島の牡蠣は銀座などで取引されている高級品らしく、卸価格でも一個数千円するらしい。しかし、客人のために惜しげもなくバケツに山盛りで牡蠣を出してくれた。

そして、また酒盛りが始まった。先ほどの集落でも、裏側の集落でも酒の類はすべて缶であったり紙パックだった。移送の際、瓶では割れる恐れがあるからだという。またこの島には地酒は存在しなかった。島民にとって酔いが保証されれば、なんでも銘酒なのだった。

「この後、寿司屋に行くんですか？」と腰山が聞くと、島民はコップに日本酒をなみなみと注ぎながら、「寿司の後はラーメン屋も待たせとる」と笑った。三人はベロベ口に酔いながらもうどうでもいい気分になっていた。もはやラーメン屋に行ったのかすら覚えていなかった。

東京では感じることがないエネルギーに満《み》ち溢《あふ》れた夜だった。食って飲んで騒ぐことに野性を感じた。

翌日、殆んど昨晩の記憶は残っていなかった。

めちゃくちゃに楽しかったという感覚だけは残っていた。

また不思議と頭はスッキリしていた。

米がうまい、焼き魚もうまい、味噌汁《みそしる》もうまいと三人は豪快に朝飯を食らった。

港にあるスピーカーから、

「昨日は大漁。昨日は大漁」と女性の声が聞こえた。

「やった。歓迎されたよ、俺たち」と布川は膝を叩いた。

布川によると大漁は歓迎を意味する島民の隠語だと言う。

「これで飢餓訓練の取材ができるぞ」

麦茶で乾杯した。お天道さまに向かってコップを掲げ、ゴクゴクと飲み干した。

三人は裏山の神社にお礼に参った。

「なんか気がつかないか？」と布川が言った。

山里と腰山はあたりを見たが、特に何も気づかなかった。

「狛犬《こまいぬ》がないのさ」

「本当だ」

狛犬の代わりに招き猫が左右にあった。

「そこまで犬を嫌っているとはな」

「俺がパグを飼っていること、絶対に内緒な」と布川はウィンクをした。


三人は漁協組合の事務所へ行った。漁師たちは一仕事終えて宴会を始めていた。

「お前らは何を取材しにきたんじゃ？」

その問いに山里は「飢餓訓練です」と言った。

漁師たちが「は？」という顔をしたので、山里は滑舌を意識しもう一度、「飢餓訓練」とハッキリと言った。漁師たちは首を傾げた。

「なんや、そのキガクンレンって？」

「あったやろ、飢餓訓練！　俺らがちんまいころ、やったやろ！　覚えちょるやろ？」

「いやー、知らんな」

「初めて聞いたわ」

誰もが聞いたこともない、そんな思い出はないと言い切った。

「お前、取材ばっかしよりおるから、他の島とごっちゃまぜになっちょるんやないんかい」

「いやいや、あったって、絶対にあった！」と布川は立ち上がって言った。

しかし漁師たちは聞いたことがないとしか言わなかった。

組合からの帰り道、山里と腰山は布川を見つめた。

「あいつらバカだから忘れてるんだよ。実家に行って親父たちに聞けばわかるって」

布川の実家に行っても結果は一緒だった。母親は「あんた昔から夢とごっちゃにな る子やってもんね」と笑い飛ばした。小学校にも行ったが、そんな資料は存在しなかった。

「本当にあったんだって、信じてよ。絶対、みんななんか隠してる」

「でも、誰も知らないの一点張りだし」

「俺たち、結局、離島に来てどんちゃん騒ぎしただけってことか」

「どうする特集記事？」

「うーん」

そのとき、スピーカーから女性の声が聞こえた。

「本日は不漁、本日は不漁」と。

「あー、やっちまった」と布川は頭を抱えた。

「どうしたんだよ?」

「不漁ってなんだよ」

「俺たちに関《かか》わるなってお達し出たんだ。あー、もう一生、帰ってこれねぇよ、俺」

「もうちょいうまくやればよかったな」

「お前がしつこく聞くからだろ」

三人は逃げるように帰るしかなかった。

港に来たあたりで、防波堤にあの老人がいた。

「あれ、村八分になったじいさんじゃねぇか」

「おい、犬を連れてるぞ」

「ほんとだ」

「見つかるとヤバいんじゃないのか」

布川は老人に近づき、

「犬なんか連れて大丈夫ですか?」

「はあん?」

「あなた、犬を飼って村八分になったんですよね」

「そったらこと関係ねぇ」

「この島で犬はまずいですって」

布川がそう言うと、老人はぎょろりと目を開け、

「若い者よ、よく聞け。悪いきまりってものは時間とともになくなるもんだ。飢餓訓練みたいにな」と言って笑った。

夕陽に照らされた笑い顔には人生のシワがいくつも刻まれていた。

孤独死

薄暗いサス明かりに女性キャスターが浮かび上がった。流れるBGMは不安を煽るような不協和音であった。カメラはゆっくりと女性キャスターに寄り、アップになった。

「ここ数年、新たな死が急増しています。孤独死です。孤独死した方を辿《たど》っていくと無縁社会ともいえる絆《きずな》を失った人々の実態が浮き彫りになってきます。何より大切な命が軽んじられている社会の在り方を、今こそ私たちは問い直さなければいけない時期に来ています」

女性キャスターは深刻な顔でカメラを見つめる。そこに『スペシャル　孤独死の実態』と筆文字で書かれたタイトルが現れた。

渋谷《しぶや》にあるテレビ局で孤独死を扱う特別番組の収録が始まったところだった。

「はい、オッケー。以上でオープニング収録終了です」とフロアディレクターの声が響くと、女性キャスターの眉間《みけん》からシワが消え、緊張が解けたホッとした笑みを覗かせた。

「続きまして、本編の収録に参ります」フロアディレクターがそう叫ぶと、カメラ、音声マイクを扱うスタッフはその横のスタジオセットにぞろぞろと移動を始めた。

メイクスタッフはパフで女性キャスターの顔のてかりを抑え、テールコームの持ち手の部分で前髪を直した。その間、女性キャスターはストロー付きのペットボトルで水分を補給した。

照明スタッフは長い竿《さお》で照明のパネルをいじり明かりの向きを調整していた。

「本日のゲスト、M教授、入ります」フロアディレクターがスタジオの扉の前でそう叫ぶと、ハイブランドのシャツにジャケット、銀縁メガネをかけた四十代の男が入ってきた。女性キャスターは小走りで駆け寄り挨拶をした。

M教授は音声スタッフにピンマイクを付けられながら笑顔で挨拶を返した。


ひんやりとした空気の中、年季の入ったワゴンがとある郊外を走っていた。

ハンドルを握るAは器用に口を窓側に歪めタバコの煙をはいた。助手席のBは窓から手のひらを出し風の重みを感じていた。都会より二、三度気温が低いようだ。

AとBは黙ったままだった。

Bのスマホが震えた。Bは画面を一瞥したが、そのまま放っておいた。

A「またかかってきたのか?」

B「ああ、どうせ取材の依頼だ」

家の前にワゴン車が止まった。AとBは黙々と防護服に着替えた。

防護服とは核、生物、化学兵器など特殊災害の現場で着用する服だ。有害物質と皮膚との接触を避け、皮膚障害や経皮吸収を防いでくれる。

それから、ゴーグル、マスク、ゴム手袋を装着し、靴をビニールカバーで覆い、互いの服の隙間、例えば袖を養生テープで塞いだ。

AとBの仕事は特殊清掃員。孤独死した人の部屋の清掃をするのが仕事だ。ゆかりのない死者の人生を片付けるためにやってきたのだ。

この日の現場は街の外れにひっそり佇む古民家であった。

仕事の始まりはどこか黄泉《よみ》の国へと足を踏み入れる感があった。

「それでは本番参ります。五秒前」とフロアディレクターのカウントダウンが始まった。

キューの合図の後、一拍おいて女性キャスターが喋り出した。

「本日は、最近急増する孤独死について視聴者のみなさまと考えてゆきたいと思います。誰に看取《みと》られることもなく、ひっそりと部屋で最期を迎える孤独死は年間七万件に上ります。ゲストにM教授をお迎えしました」

紹介されたM教授は頭を軽く下げた。

女性キャスターは近年の孤独死の数をグラフで説明した。人口が減っていくのに対し孤独死は増えていると深刻さを強調した。

また孤独死は音信不通、部屋の異変、家賃滞納などによって発見されると女性キャスターは説明し、「社会背景にどう関係しているのでしょうか」と聞いた。

「かつて日本社会にあった地域や家族の絆に加え、終身雇用が壊れた今、社会との絆までが失われています」

M教授は絆を失った人たちの末路が孤独死であると言った。その言葉に女性キャスターは神妙な顔で深く頷いた。

「核家族化や、リストラも影響していると言えるのでしょうか」

「はい。大きく影響していると言えます」

「番組ではある孤独死された方の部屋を片付ける、特殊清掃員の仕事に密着しました。ご覧ください」

VTRが始まった。防護服を着た特殊清掃員がある孤独死現場の家の前に立った。

カメラは周辺を映した。庭の草は伸び放題で荒れていた。一升瓶《いっしょうびん》ケースに無造作にビニール傘が差してある。捨てられたタイヤのホイールは錆び切っていた。

特殊清掃員が扉を開けた瞬間、カメラはレンズを上に向けた。黒い塊が押し寄せたため思わず仰《の》け反《ぞ》ったのだ。黒い塊は無数のハエだった。新鮮な空気を求めてハエの大群が不快な羽音をたて外へ飛び出したのだ。

壁はカビで原状を留《とど》めないほど変色していた。隅に元の色がわからない衣服が積み上げられていた。部屋はカーテンで光が遮られ暗い。カメラは室内を見渡す。安物のカラーボックス、小型の冷蔵庫、食べ残しが散乱するローテーブル。流し台のシンクには変色した小鍋《こなべ》、丼、皿、コップの類がある。コンロは一口、五徳の周りは焦《こ》げ付《つ》いている。

常に不安を煽る不協和音のBGMが流れている。

窓際の壁には洗濯物がハンガーにかかっている。本棚には故人とその家族と思われる写真が飾ってあった。

壁紙が変色し剝《は》がれている。また壁には変色した貼り紙がいくつもあった。貼り紙には家主の直筆であろう言葉が綴《つづ》られていた。染《し》みだらけの押し入れを開けると計り知れないほどのゴミが床にこぼれ落ち、そのとき映像はスローになった。「それは故人の鬱積《うっせき》した社会への叫びがこぼれ落ちたようだった」とナレーターが語った。そしてモザイクのかかった故人の写真、ワイヤーハンガー、カップ麺容器、古新聞が映された。

特殊清掃員は茶色く汚れた磨《す》りガラスの引き戸を開けた。万年床が敷かれ、この部屋の主が横たわっていたことが、黒ぐろとした人型の染みでわかる。

持参した塩をひとつまみ、そして小瓶《こびん》に入れた酒を数滴、床に垂らし、特殊清掃員は「お疲れさまでした」とつぶやいた。

特殊清掃員がインタビューに答えた。人は亡くなると、夏なら死後一日から二日、冬でも数日で腐りはじめる。真冬は臭いが少ないと思われがちだが、コタツの中で発見されることが多く、四角いエリアから強烈な臭いが立ち込めると言った。臭いについて聞かれると、脳に直接響くような強烈な臭いだと言った。

VTRが終わり、スタジオに戻った。

女性キャスターは「言葉を失ってしまいました」と言った。

M教授は「家族や社会との絆がどんどん失われていく。この国の行く末が心配です」と視聴者に訴えた。

また社会保障先進国を引き合いに出し、この国がいかに高齢者を孤立させているかを語った。


AとBが、引き戸を開けて足を踏み入れるとハエが飛び回っていた。いつものような黒い塊ではなかった。AとBは慣れた手つきで殺虫剤を吹きかけた。ポタポタと黒い小粒が落下した。黒い小粒は数秒震えた後、止まった。

脳に直接響く臭いはなかった。

ハエを駆除した後、捨てられるしかない遺品の処分が始まった。
AとBは黙々と、ゴミ袋に遺品を詰めていった。
居間と兼用の寝床を済ませると、二人は奥の和室の片付けにあたった。
Aが滑りの悪くなった押し入れの扉を力一杯開けると、中から何かがあふれ出た。

A「全部、ゴミ袋に詰めちまえよ」
B「これってゴミなのかな?」
Bが手にしたのは針金で作られたオブジェだった。
B「ハンガーで作ったみたいだ。ほとけさま?」
A「ホントだ、よく見ると仏像だ」
B「まだあるぞ」
AとBはオモチャ箱を覗くこどものようにワイヤーハンガーで作られたオブジェを手に取った。
A「すげーな、どれも違うかたちだぜ」
B「おい、お前の見せろ」
Bは仏像をひったくるように手にした。
B「仏像って四種類あるんだ」
A「なんでそんなこと知ってるんだ?」

Ｂ「前に骨董屋でバイトしたことがあるんだ。あ、これは如来《にょらい》だ」
Ａ「聞いたことある。阿弥陀《あみだ》如来とかっていうよな」
Ｂ「菩薩《ぼさつ》も、明王《みょうおう》も、天も、あるぞ」

Ｂは裏庭が見える小部屋のカーテンを開けたとき、声を上げた。
Ｂ「おい、見てみろよ」
Ａが駆け寄った。
Ａ「うわーっ」
小さな裏庭には飾り棚があり、そこに鉢に入った緑がいくつも並んでいた。
Ｂ「みろよ」
Ａ「えっ？」
Ｂ「植木鉢が全部、牛乳の容器だ」
小さな植物が丁度収まるよう、牛乳の容器で作ったプランターに小さな花が咲いていた。
Ａ「誰だろう、花なんか育てていたのは」
Ｂ「ここの家主じゃないのか」
Ａ「家主は不幸だったんじゃないのか。だから死んでも気づかれなかったんだろ」

いつもと違う。心持ちが違うのだ。仕事だと割り切り、心のスイッチをオフにして、片付けることだけにひたすら集中していたいつもとは違うのだ。

大方作業が終わったあたりで住職がやってきた。特殊清掃員が近所のお寺に供養を依頼したのだった。

住職は部屋を見渡した。

部屋の片隅《かたすみ》に段ボールが置かれ、そこに牛乳の容器に入った白い花と、ワイヤーハンガーの仏像を見つけた。AとBが用意したものだった。

住職は仏像に手を合わせ経を唱えた。AとBは防護服から作業着に着替えて手を合わせた。

住職はワイヤーハンガーの仏像が寺にもあると言った。

生前、故人からもらったそうだ。

A「家主はどんな人だったんですか?」

B「芸術家か、なんかだったんですか?」

住職は、いたって普通の老人だったと言った。清掃の仕事をしていたという。亡くなった方を可哀想に思いますか、と住職が聞いた。

A「まあ、そうですかね」

B「誰にも看取られず死んだわけだし」

「確かに誰にも看取られず亡くなり、死後数日経って発見されるということは、悲しいことでもあります。しかし、こうとも受け取れます。死ぬ直前までは普通に元気だった。コロリと逝けた。最期まで生き切ることができた。ある意味で孤独死は、理想的な死に方なのかもしれません」

A「淋しくひとりで死んでいったんだと勝手に思っていた」

B「臭いがそうさせるんだよな」

人が腐敗した臭いは有機物が微生物によって分解されたものだ。それが部屋に悪臭として充満する。臭いでAとBは勝手に悲惨な人生の後始末をしている気になっていたのだ。

「悪臭と悲惨な現場が故人の無念さを引き立たせているんでしょうな」

A「今までそう思っていました」

B「俺も」

「ゴミもその前は食材だった。そんな当たり前のことを忘れてしまうものです。孤独死、被災者、容疑者、そんな呼び方で聞くと、そこに固定概念や先入観が芽生え、ステレオタイプの知識が発動するものです」

AとBは無言で頷いた。

「孤独死イコール悪ではありません。病院で管につながれたまま死ぬわけではなく、住み慣れた自宅でひとり亡くなるのですから、自然な死に方かもしれません。ここの家主は、ユーモアに富んだおもしろい方でした」

「それではM教授の締めコメントまで五秒前」とフロアディレクターはカウントダウンした。

女性キャスターが、「先生は、孤独死の今後について、どうお考えですか？」と言うと、M教授は「福祉先進国のように、安心して老後を過ごせるような、誰一人置いてゆかない社会制度が必要ですね」と答え、カメラを見つめ、「日本でもQOLが語られて久しいですが、福祉先進国とは捉え方が違います。QOLとは『クオリティ・オブ・ライフ』の略です。えー、福祉先進国では〜」と語り出した。締めのコメントにしては長すぎはしないか、とスタジオの誰もが思ったが、まだM教授は語っていた。

―　亡骸《なきがら》は焼くな　埋めるな　野に晒せ　飢えた野犬の腹を満たせよ　―

これが私の理想の死に方です、と住職は言った。

野山で死ねたら、私が腐る前に動物たちが食べてくれる。残りを微生物が食べてくれる。臭いも残らず骨は土に還《かえ》る。高貴な死に方ですよね。たまたま家の中で亡くなったばかりに匂いや黒ずんだ染みを残してしまった。それを見て悲惨だと先入観が思ってしまう。死から遠い人ほど、死は暗いものとして捉えがちです。孤独死は本来高貴な死なんです。

二人はもう一度、仏像に向かって手を合わせた。

A「この仕事ってよ、故人の後始末なんかじゃねぇよな」

B「俺も今同じこと思ってた」

Bのスマホが震えた。Bは画面をAに見せた。取材を依頼してきたディレクターの名前が表示されていた。

A「しつこいな」

B「ああ、孤独死なんて、その日以降、たまたま目を覚まさないだけじゃないか」

供述によると教頭は……

供述によると、教頭の眠りが浅くなったのは夏休みからだという。

こどもたちにとって夏休みはきらきら輝いている。いくら世間が異常気象だと騒いでも、真夏日だろうが、豪雨だろうが、彼らはちっとも気にせず、夏の女神と戯れる。そして夜は溶けるようにぐっすり眠る。

教頭は夏休みにも拘《かか》わらず目の前にある職務に向き合う日常を送っていた。教師という仕事は夏休み、冬休みがあっていいですねと羨望《せんぼう》の眼差しを向けられたのは昔のことですと教頭は供述しているのだが、それはそれで仕方がないとも言った。

供述によると教頭は、シュレッダーの紙のゴミ処理や鳥の死骸《しがい》の片付けまでこなしていた。

それは教頭の職務であるからと言った。供述によると教頭は学校教育法第三十七条を述べた後、教頭の職務について更に詳しく語った。

「校長を助け、校務を整理し、及び必要に応じ児童の教育をつかさどる」

校長に代わり、教育委員会や地域の人が来校すれば、接遇するのも教頭です。過剰に校長を助けがちという現状は、教頭から校長を目指している人が多く、校長に悪く思われたくないという心情からきているのもあります。「教頭の仕事は大変だけど、頑張ります」という人が評価される風潮はいまだに根強くあるんです。

数十年前の学校と比べても書類は増えています。事故や不祥事が起こると学校の責任が強く追及されかねないため、日頃から計画や記録の書類を作っておく必要性があります。その書類作りは私の仕事になります。また予算要求などで、教育委員会が学校にデータを求めてくる。その書類作りも私の仕事です。

保護者との関係がこじれかけているときは、もちろん担任や学年主任も対応しますが、私が間に入ることが多いです。

今はさまざまな特性や障害を持つ児童生徒が増えてます。教室にいづらい、いられない子をケアするのも私です。

本来は、私が司令塔になり、教師や職員に仕事を分担するべきところですが、働き方改革で、「早く帰るようにしてくださいね」と呼びかけている立場上、分担しにくいのが現状ですね。部活動の顧問もしたりします。

小部屋の窓からは山吹色の日差しが差し込んでいた。ヒグラシがけだるく鳴いている。

教頭は背中を丸めだらりと手足を投げ出すように座っていた。伏し目がちの表情は五十代前半にしては老《ふ》けて見えた。何かを諦めたとき老いが始まる、そんなことを体現しているようだった。

教頭の目の前に若い職員が座り、そのすぐ後ろの壁際に中年の職員が座っていた。この場を取り仕切るのは若い職員で、中年の職員は記録担当だった。

若い職員のした質問を教頭はおうむ返しした。

教頭をやっている理由ですか……、教頭は少し考えてから話し始めた。


別に校長になりたいとか、そんなんじゃないんです。ただひとりの教師として先生たちに情熱を伝えたかった。人と関わることを煩《わずら》わしく思わないでほしかったんです。今はそんな時代じゃないのはわかっていますよ。私の情熱は舵《かじ》の利《き》かなくなった船のように沖へ流れていくのはわかっていました。私はいつも戸惑っていました。同時に取り残されるのも怖かったんです。

私が教師になったのは坂本金八《さかもときんぱち》に憧《あこが》れたからです。こどもながらこんな先生になりたいと思いました。土足で生徒の懐《ふところ》に入っていくことを厭《いと》わない暑苦しさ、不恰好ながらも人間を育成するんだという矜持《きょうじ》。教育っていうのはエネルギーの塊がぶつかり合うことなんです。

こどもたちの前では私は私なりの金八先生を演じました。あのころ、そんな教師はごろごろいました。心と心でぶつかれば道は開ける、そういうもんだと。

教師だけじゃなく、保護者や地域もうざいくらいこどもたちと関わる時代でした。今はそんな時代じゃないのはわかっています。私も教頭として先生たちにはなるべく自分の時間を大切にするようにと言っています。でも、どこか心の片隅で、私の中の坂本金八が放っておかなかったからなんです。


あれは夏休みに家族でフードコートに行ったときのことでした。昼時、U先生から電話があったんです。

U先生は五年二組のクラス担任です。今年からクラスを受け持った教師歴五年目の先生です。

教頭は休みでもいつ連絡があるかわからないので支給されたスマホは手放せません。U先生にも相談があればなんでも言ってくださいと言っていたので、電話はしょっちゅうありました。夏休みに入ってからは「新学期が怖い」としきりに言っていました。

せっかくの家族サービスだったので無視することもできましたが、ひとりで悩んでいることを想像すると放っておけなかったんです。

電話の内容はKくんという児童のことでした。Kくんは授業態度に問題がある児童でした。注意しても無視する。教室を勝手に歩き回る。友達とのスキンシップも手荒で、「Kくんに叩かれた」と言ってくる児童もいました。

U先生が注意をしても態度は改まりませんでした。放っておくと大きないじめに発展すると心配していました。

私は老婆心ながら言いました。こどもというのは先生の一言でとてつもない才能を開花させるものなんだよと。二〇〇二年、日韓ワールドカップのとき、多くのこどもはサッカーに憧れました。しかし、一人だけ試合前に歌う国歌に興味を持ったこどもがいたんです。その子は変わり者とバカにされましたが、私はその子に「君は素晴らしい」と褒めたんです。すると、世界中の国歌を覚えたんです。百五十ヵ国ですよ。そして、私にこんなことを教えてくれたんです。「先生、スロベニアの国歌は、『祝杯』と言って、歌詞を真ん中に揃えて書くと、ワイングラスの形になるんだよ」って。わざわざコピーまで見せてくれた。それと、SLOVENIAとスペルを書いて、「ここにLOVEが隠れているんだよ」と目を輝かせて教えてくれたんです。こどもの好奇心は無限大なんです。その子はそれがきっかけで、語学に目覚め、今、国連で働いてます。もしかしたら、Kくんにもそんな才能があるかもしれない。U先生にそう言ったんですが、U先生が日に日に自信を失っていることはわかりました。

こんなときは精一杯聞き役にまわり、愚痴を吐かせ、気分転換に付き合おうと心掛けたんですが、U先生の愚痴は日に日にエスカレートし、聞くに耐えない罵詈《ばり》を言うようになったんです。

私は早く電話を切りたかったけど、このままだとU先生が壊れてしまうのではと心配で、相槌《あいづち》を打つことに専念しました。

供述によると、電話を切って教頭が戻ると、妻は機嫌が悪く、教頭が注文した担々《たんたん》麺《めん》はとっくにのびきってたという。

なんとか夏休みのうちに解決しなければならない。そう思いました。

U先生に自信を取り戻してもらいたい。新学期から気持ちよく担任を続けてもらうには、Kくんの態度を改めさせるしかない。ここはやはり保護者に話し、一緒に問題を解決することだと思いました。でも、これはとてもリスクがあることもわかっています。言い方を間違えると、「お宅のこどもは問題児だ」と告げ口することになり、「親からきつく言ってくれ」と学校側が教育を放棄したと捉えられかねませんからね。

私はU先生に本音でぶつかればきっとわかってくれるから、夏休みのうちに保護者に連絡して、Kくんの現状を正直に伝えるべきだと言いました。そうしたら、「教頭から親に言ってください」と私に丸投げしてきたんです。心の中でそれは担任のあなたの仕事でしょと思いました。

しかし、U先生のメンタルでこの役を任せるのは酷だなと思いました。彼は夏休みひとりで部屋に閉じ籠り悩んでいたわけですから。

ここは、教頭の私が矢面に立つしかない。私から保護者に話すことにしました。何度か連絡し、やっとつながり、なんとか面談を受け入れてくれました。

そのことをU先生に報告しました。すると「あとは僕にまかせてください」と言ってきました。だったら最初からお前がやれよ、と口に出そうになりましたが、U先生が教師として成長するいい機会だし、U先生がやる気になってくれたのなら、それはよかったと思いました。しかし、やはりU先生一人では心配なので私も同行しました。

保護者に会う日、私たちは最寄り駅で待ち合わせをしました。時間より十分遅れて改札から出てきたU先生はこんがりと日焼けをしていました。私に白い歯を見せて笑いました。あれ、引きこもっていたのでは？　と思いましたが。元気でなによりと思いなおしました。訪問の時間まで余裕があったので喫茶店で作戦会議をしました。私がアイスコーヒーを頼むと、U先生はナポリタンを注文しました。今回、大事なのはいかに保護者にショックを与えずにことの重要さを伝えるかです。やんわりと家庭に問題があることを伝え、それを認めさせなければなりません。これには相当な話術とテクニックが必要なんです。保護者が逆上しかねませんからね。U先生は頷きながら聞いていましたが、口元についたケチャップを見ると、大丈夫かなと心配になりました。

Kくんの保護者はとても常識的な人でした。しかし、Kくんの学校での行動を告げると、信じがたいようで、「それ本当にうちの子の話ですか？」「うちの子がそんなことをするはずはないけど」「うちでは親のいうことを聞く素直なこどもなんですけどね」といかにいい子であるかと言葉を並べました。むしろ気弱な性格なことを心配していたとまったく逆のことを言いました。父親も母親も不思議そうな顔をしていたので、私の長年の勘が働き、「わかりました。もう一度確認します」と一旦、引き下がりました。ここ、すごく大事です。頭ごなしに、お宅の息子は問題児ですなんて言うと向こうも憤慨《ふんがい》します。だから断定せず、気に留めてもらうんです。曖昧にしておくのが大事なんです。

その後、意外なことが起きて問題は収束したんです。夏休み最後の日曜、U先生から「Kくんが暴漢に襲われた」と連絡がありました。

私とU先生が駆けつけると、腕に包帯を巻いたKくんがいました。家の玄関でいきなり男にカッターで切り付けられたと言うんです。幸い軽い怪我で済んだんですが、

Kくんは震えていました。学校では手がつけられないKくんとはまるで別人でした。父親は「これで息子の気弱さが証明されたでしょう」と言っていました。

それで被害届を出そうという段になったとき、いきなりKくんがわーっと泣き出したんです。泣きながら「ごめんなさい。全部、嘘なんだ」って。真相はこうでした。Kくんは夏休みの宿題をまったくやっていませんでした。そのことが親にバレるのが怖くなって、自分で自分を傷つけ襲われたと嘘をついていたと言うんです。こどもながらそうすれば宿題どころではなくなると考えた。よっぽど親の躾《しつけ》が厳しかったんでしょうね。学校で手がつけられなかったのも、厳しい躾の反動だったんです。

新学期が始まってKくんは見違えるほど大人しくなりました。授業中に歩き回ったり、他の子に暴力を振るうこともなくなりました。しかし、私はどうも腑《ふ》に落ちなかったんです。Kくんは大人しくなったというより、何かに怯えているように見えたんです。長年の勘でそう思いました。

そのときU先生が言ったんです。「Kくんの様子、変だと思いませんか？　あれなんかありますよ」私は驚きました。U先生も同じようなことを思っていたんです。「親の躾が厳しいから暴漢に襲われたなんて狂言をしますかね。Kくんはなにかもっと他のことを隠しているんじゃないかと思うんです」

でもすぐには同調しませんでした。ここは慎重に行かなければと思い、「まあKくんの授業態度が改まったことだし、とりあえずはよかったじゃないですか」と言いました。「そうですかね、僕はなんかあると思っています」とU先生は食い下がりました。「なんかっていうのは?」私がそう言うと、U先生は声を潜めて「あの包帯の下に真実がある気がするんです」と言ったんです。「U先生、滅多なことを言ってはいけませんよ」と窘《たしな》めました。

「もし包帯の下にアザのようなものがあればこれは虐待の証拠です。直ちにKくんを救い出さなければなりません」私はその堂々とした言葉に感動しました。あれだけ新学期を迎えるのを怖がっていたU先生がひと夏で児童思いの教師に成長したのですから。

「きっと虐待の反動で、学校で憂さを晴らすようになって、手をつけられなかったんです」

「U先生がそこまでKくんのこと思うなら、協力しますよ」

私はKくんの家を訪ねました。その日、U先生は来ませんでした。何度連絡してもつながりませんでした。日を改めようと思いましたが、Kくんを一刻も早く救おうと私、ひとりで行きました。

供述の後若い職員が冷ややかな口調で、「それが大問題になったんですね」と言うと、教頭は項垂《うなだ》れた。

供述によると、教頭が、虐待の疑いを父親に問いただしたところ、父親はKくんをパンツ一枚にして、虐待の痕などないことを教頭に見せたと言う。

人があんなに怒った顔、初めて見ました。鬼の形相でした。お前を名誉毀損《きそん》で訴えると言いました。私はその場で土下座して逃げるように帰ってきました。

頭が真っ白になって、何も考えられなくなり、どこをどう歩いたのか覚えていませんでした。気がつくと私は公園のベンチにいました。校長にKくんの父親に激怒されたことを知られたら、私はどうなるのだろう？　ただでは済まないなと思っていました。

そこにU先生が現れたんです。一緒に訪問できずにすみませんと謝りました。なぜ来なかったんだとか、そんなことを叱る気にはなれませんでした。U先生はKくんの自宅の前で待っていたと言い訳じみたことを言いました。私が血相をかえて出てきたものだから、これはただ事ではないと、ずっと私を追いかけてきたと心配そうに言いましたが、とにかく今日は何も考えたくない、放っておいてくれと言いました。

するとU先生は何か思いついたかのように駆け出しました。ほどなくして戻ってきて、何も考えたくないときはこれですと、パンパンに膨れたレジ袋を差し出しました。そこには缶ビール、酎《ちゅう》ハイ、日本酒とあらゆる酒が入っていました。

私はひったくるように奪い取り、カップ酒を開けて飲みました。久しぶりの酒でした。家ではこどもを風呂に入れたり、洗濯物を畳んだり、教育委員会に提出する資料を作ったり、気がつくと日付が変わっていて、翌朝は校門で児童を出迎えるのは私の仕事なので、普段は酒を嗜《たしな》む時間などなかったんです。

私はなんかアテを買ってこいとU先生に初めて命令しました。

U先生はすぐに駆け出し、乾き物と缶詰のサバ味噌、鮭《さけ》ハラス、焼き鳥（たれ味）、炙《あぶ》り帆立を買ってきました。

私はビール、酎ハイとあらゆる酒を制覇してゆきました。

そのあたりから記憶がまったくないんです。

若い職員は振り返り中年の職員からタブレットを受け取った。

「ここから先、何が起きていたか、U先生からお話を伺っています」そう言うとタブレットの画面を読み上げた。

あなたは瞬きを何度も繰り返し、大変眠たそうだった。

またあなたは「夏休みはどこへ行った？」と聞き、U先生が答えるとまた同じ質問を繰り返したそうです。

U先生は「そろそろ引き上げましょうか」とあなたの手から缶ビールを外そうとしたが、あなたはそれを頑《かたく》なに拒否し、もっと飲みましょうと缶ビールを離さなかったそうです。

U先生がトイレに立とうとしたとき、あなたは睨みつけ、俺は夏休みを返上してあんたに付き合ったんだから、今日はあんたが付き合う番だと凄《すご》んだそうです。観念してU先生が聞き役に回ると、あなたは饒舌《じょうぜつ》に喋り始めた。

手始めに、あいつは何もしていないただのお飾りだと校長を罵《ののし》り、教育委員会からの厄介な要求への不満を述べ、保護者の離婚話を嬉しそうに語り、なんで俺がシュレッダーのゴミ処理や鳥の死骸の始末をしなきゃいけないいんだと喚《わめ》き、各教師へのダメ出しを事細かく並べ立てたとあります。

U先生がトイレに行った間、あなたはホッピーを片手に公園をうろついていた。

U先生が戻り、ふらつくあなたを抱きかかえようとしたとき、コップが滑って地面に落ちて、U先生の靴に酒がかかった。仰け反った拍子に膝がベンチにぶつかって、缶詰が地面に散らばって、味噌がたっぷりかかったサバの身があなたの膝に落ち、あなたはその場にへたり込んだ。

その直後、あなたのズボンのポケットから着信音が聞こえた。あなたは電話に出られる状態ではなかったのでU先生が代わりに出ると、それは奥さんからの電話で、息子さんが癲癇《てんかん》の発作を起こしたというものだった。

若い職員の話を聞きながら、教頭は頭を垂れたままでいた。

そして、少し黙った後、供述を始めた。

私が病院へ駆けつけると息子の発作はおさまっており、妻の腕の中で寝息を立てていました。天使のような寝顔を見て心が洗われました。

もう少しで診察の順番が回ってくると妻は言いました。

アルコールはまだ残っていましたが、息子の髪を撫でていたら、少し落ち着きました。

やがて息子の名前が呼ばれました。私は息子を抱きかかえ診察室に入りました。

銀ぶち眼鏡をかけたU先生ほどの若い医師がパソコンを打っていました。看護師さんが眠ったままの息子を診察台に寝かせてくれました。私と妻はそれぞれに頭を下げました。

若い医師は腕まくりをして息子の前に立つと、

「ご両親は退室願えますか」と静かに言いました。

私は戸惑いました。なぜ退室しなければならないのか、意味が飲み込めませんでした。

私は付き添いたいと言いました。

「お父さんもお母さんも終わったらすぐ呼びますから、一度、退室を」と看護師さんに促されました。妻が従おうとしたとき、私の頭にあることが浮かびました。この医師は虐待を疑っているぞ。今から息子の体に虐待の痕がないか調べようとしているのだと。

「さあ、お父さんも」

看護師さんが腕に触れたとき、私は乱暴に振り払ってしまいました。

そこからは……。


「覚えていないんですね」若い職員がそう言うと、教頭は頷いた。

若い職員は、病院側が提出した映像に、何が起きたか映っていると言った。

パソコンを教頭に向け、再生ボタンを押した。

教頭は医師に向かい、

「あんた、私が息子を虐待しているとでも思っているのか、失礼も甚だしい。私は聖職者だぞ」と声を荒らげ、医師に近づいた。

若い医師が宥《なだ》めるため肩を押さえようとしたとき、勢いよく振り払った教頭の肘が若い医師の鼻に直撃した。若い医師は鼻を押さえ蹲《うずくま》った。床に赤いものがいくつも落ちて斑点を作った。

職員たちが入ってきて、教頭を取り押さえようとしたが、教頭は手足をバタバタさせ抵抗した。教頭の足でキャビネットを蹴ると勢いよく倒れ、金属の器具が床に散乱した。

「俺は教頭だぞ」そう叫ぶ教頭を数人の職員が押さえつけ連れ出した。

「この若僧が！　若いお前に何がわかる！」

部屋を出されても、外から「俺が虐待するわけない」と声が聞こえた。

教頭は青ざめた顔で映像を見ていた。

若い職員は動画を止めて言った。

「このあと、あなたは鼻にティッシュを詰めた若い医師から理由を聞いて我に返った」教頭は「ハイ」と頷き、「診察中に息子が発作を起こした場合、強引に体を押さえつけなくてはならない。そのとき、親がそれを見て見ぬふりをすると、それは息子にとってトラウマになってしまう。それを避けるための退室だった。悪者になるのは我々だけでいいんですとまで言ってくれた。私の虐待を疑っているわけじゃありませんでした」と言った。

教頭は「申し訳ありません」と再び頭を垂れた。

若い職員は言った。

「結論を申し上げます。あなたは病院で酔って暴れるという教育者としてありえない行動を犯しました。しかし、病院側の寛大なる計らいで器物破損は示談となりました。院長の息子さんがあなたの教え子だったそうです。小学生のころ、国歌に興味を持ったのをあなたに褒められたから、うちの息子の今があると、院長が言っていました。それとKくんの虐待を疑った件、保護者の方が名誉毀損で訴えると言っていましたが、それは取り下げられました。その理由を保護者に伺ったところ、Kくんは教頭先生が大好きであるということのようです」

教頭は瞑目しながら聞いていた。そしてゆっくりと息を吐いた。

教頭を山吹色の日差しが優しく照らした。

眠ってはいないがその顔は夏休み力一杯遊び、疲れ果てて熟睡しているこどもの寝顔のようだった。

教頭はとてもとても疲れていた。

招かれざる誤解

ある誤解が原因で仕事が長引き、私は今新幹線に飛び乗ったところだ。誤解は部下が得意先に送ったメールから生まれた。

得意先から提案いただいた案件に、部下は「大変結構だと思います」と返信したつもりが「結構大変だと思います」と返してしまった。得意先の社長は後ろ向きな発言だと誤解し、気分を害してしまった。私は乗るはずだった新幹線をキャンセルし、手土産を持参し謝罪し、なんとかその誤解を解いた。文字通り、からまった糸を解くような作業だった。

そんなこんなで大幅に帰りが遅れてしまった。

新幹線は混んでいた。運良く指定席を買うことができたが、あることを諦めなくてはならなかった。

本来なら今頃、品川駅に着き、脇目《わきめ》も振らずに帰宅し、サッカーワールドカップ・アジア最終予選の日本・オーストラリア戦を観戦するつもりだった。

まもなくキックオフだ。もう間に合わない。自宅に着く前に試合は終わっている。

四年に一度の楽しみがここで潰《つい》えてしまった。私の心は灰色の雲で覆われていた。しかし、私はあることを思いついた。試合の結果さえ知らなければいいのだ。帰ってから録画を真っさらな気持ちで楽しめばいいのだ。心に晴れ間が見えた。

私はスマホの電源をオフにし、情報を遮断した。

とりあえず寝るのが一番だ。座席を少し倒し、上着をブランケット代わりにし寝る態勢に入った。もちろん座席を倒す際、後ろの乗客に一声かける倫理観はある。しかし声をかけようとしたが若い女性同士話に夢中だったので、軽くお辞儀することで意思を伝えた。

目を閉じていると、集中力が高まり、後ろの話し声が耳に入ってきた。

「最近さ、ホストにはまってさ」「マジ？　あんたがはまってるの、日ハムだけかと思った」「もちろん日ハム命だけど、ホストは週五で通ってるんだよね」「お金かかんじゃん」「大丈夫、ほぼほぼ親に出してもらっているから」とケタケタと笑った。

日ハムファンというのは理解できたが、ホストにはまっているようには見えない。人は見かけによらぬものだと思った。それと娘のホスト通いを援助するとはなんて親だ。私は憤りと日本の闇を感じずにはいられなかった。

「ホストのフェアってやばいよね」「あれに勝るフェアはないね」

「特にいちごフェアがやばい」「わかるーっ」

私が思っているホストと違うようだ。

ホストでフェアときたらロイヤルホストのことだ。なぜロイホと言わないのか。

とんだ誤解を招く発言だ。

とにかくこの世に誤解が溢れすぎだ。

誤解とは言葉を誤って理解することだ。読み間違い、聞き間違い、見間違いとさまざまな誤解が存在する。誤解によって勘違いが生まれ、トラブルになったりもする。誤解はトラブルの火種なのだ。

最近はＳＮＳでの言葉のやりとりで誤解が多発している。

「なんで来るの？」と交通手段を聞いたつもりが相手に拒否されたと誤解されてしまった。「○○さんのお店、どこがいい？」複数の店からどの店がいいのかを聞いたつもりが陰口《かげぐち》と誤解されてしまった。「スーパーカップ買ってきて」とアイスクリームを頼んだはずがカップ麺と誤解されてしまったなど誤解は枚挙に遑《いとま》がない。

私は誤解によって起きた悲しい事件を思い出した。

ＮＹに住むアラブ系の移民の男の話だ。男は腰痛のため腰痛ベルトをしていた。

あるとき、レストランで食事をしていると強盗団が入ってきた。強盗団は客から金品を奪った。男は革ジャンを取られた。Ｔシャツと腰痛ベルト姿になった男は隙《すき》を見て逃げ出し、通りかかった警察官に助けを求めた。警官は男に向かって発砲した。男は亡くなった。警察官は男を自爆テロ犯だと思って発砲したと証言した。腰痛ベルトをダイナマイトと誤解したのだった。

誤解が招いた不幸な事件だ。

私は目を閉じながら、誤解を招くという言い方について考えていた。なぜ招くという言い方をするのだろう。招くとは、「お客さまをお招きしました」とか「お招きいただき光栄です」など、招待というニュアンスとかしこまったイメージがある。「誤解を招く」という響きから、シルクハットにカイゼル髭を蓄《たくわ》えた怪盗ルパンのような紳士が招かれ、誤解の火種をくすぶらせるシーンが浮かんだ。ならば「誤解を招く」より「招かれざる誤解」という言い方が合う気がした。

私はすっかり目が冴《さ》えてしまい、タバコを吸いに行くことにした。

自由席は混んでいた。立っている乗客もいる。注意して人混みを抜けた。そのとき誰かの携帯が鳴った。乗客の一人が「切れよ」と言った。それでも携帯は鳴っていた。私は誤解を招かぬよう自分のスマホではないことを確かめ、足早にその場を去った。

私が二本目のタバコに火をつけたとき、若者二人が入ってきた。

「最初はさ、バイブにしておけって思ったけどさ」

「俺もイラッとした」と言いながらタバコに火をつけた。

先ほどの携帯の話だと私は思った。

「いやー、感動したな」「俺泣きそうになっちゃったもん」

感動した？　泣きそうになった？　一体、あの後、何があったのだろう。私は耳をそばだてた。

「俺の父親と同じくらいだったから、余計、グッときたよ」

「会いたい一心で夫婦して新幹線に飛び乗ったんだろうな」

「それにしてもいい夫婦だな」

「実はさ、俺、撮影してたんだ」

「マジか？」

「初めはヤバいヤツがいるんで晒してやろうって思ったんだけど」

「まさか感動するとはな……」

二人は顔を見合わせ頷いた。良質な映画を観た後のように余韻に浸っていた。紫煙がゆらゆらと立ち昇る。私は気になって仕方がなかった。なんとかその動画を見せてもらうわけにゆかないものか。見ず知らずの若者に声をかけると、危ないヤツだと誤解を招くかもしれない。

「そうだ、サッカーどうなったかな」

「勝ったら、渋谷だろ」

「そうなったら大騒ぎだろうな。見てみる？　途中経過」

私は、思わずその場を離れようとしたが、

「前半が終わったころにしようぜ」

私は安心した。安心したついでに話しかけてみた。

「あのー、先ほど、携帯がどうのこうのみたいな話をしておられましたよね」

「……はい」

「その光景を動画で撮影されたとか」

「別にネットに晒したりは……」

「あ、違うんです。私、見損ねてしまって……、よかったら見せていただけませんか」

若者は了承してくれた。

動画が再生された。携帯が鳴る音に車内のざわつく音が混じっていた。

五十代くらいの女性が申し訳なさそうに「電話に出てよろしいですか」と周りに向かって言っていた。

「夫の母親が危篤で、これが最後の電話かもしれないんです」と言った。夫婦が病院に駆けつける途中にかかってきた電話だった。誰かが「出てやりな」と声を掛けた。

夫であろう男が頭を下げ電話に出た。

「もしもし、今向かってるよ」

いつの間にか車内は静まり返っていた。

「かあちゃん、俺だよ。今までありがとうな。辛かったろうな、苦しかったろうな。よう頑張った。すぐ行けなくてごめんな。もっともっと話したかった。もっと長生きしてもらいたかった。うん、うん。でもな、ほんと、かあちゃんのこどもに生まれてよかったよ。かあちゃん、かあちゃん、ありがとうな」

スマホの画面から伝わってきたのは、清く優しい人の温《ぬく》もりだった。

電話を切った後、中年夫婦は周りに向かって頭をさげた。どこからともなく拍手が起き、「がんばれ」の声が飛び交った。

私は泣いていた。大きな誤解をしていた。誤解したまま見過ごすところだった。

私は清々《すがすが》しい気持ちで座席に戻った。ホストにハマった女子たちは眠っていた。

新幹線は名古屋を過ぎたあたりだ。スマホの電源は切ったままだ。これからどう時間を潰そうかと考えていた。

そう言えばスマホの電源を切るとき、一件メールが届いていたことに気づいた。きっと部下からのお詫びのメールだろう。

あいつが誤解を招くメールさえしなければ、今頃、サムライブルーのユニフォームを着て、缶ビール片手に盛り上がっていたはずなのに。

そのとき誰かの「やった！」と言う声が聞こえた。ふいに電光掲示板に目をやると、日1－オ3という文字が目に入ってしまった。

「あっ！」日本がオーストラリアに負けた。あれだけ注意深く、情報を遮断してきたのに、こんなところに落とし穴があったとは……。

ひとつの誤解のおかげで、今日は散々な日となってしまった。誤解は不幸の火種であり、私の心でまだ燻っている。

私はスマホの電源を入れる気にもなれなかった。


まもなく品川に着く。私は猛烈な睡魔に襲われた。今にも瞼《まぶた》がくっつきそうだ。

窓に怪盗ルパンのような紳士が映っていて、私に微笑んでいる。

ダメだ。夢とうつつの境がなくなってきた。後ろの方から声が聞こえる。日ハムファンの子が、日ハムがオリックスに一対三で負けたと悔しがっている。私にとってそんなことはどうでもよかった。

今、私の横を青い服を着て、日の丸を持った二人連れが通り過ぎた。薄目を開けて見ると先ほどの喫煙ルームの彼らだ。「渋谷に直行！」「スクランブル交差点がすごいことになってる！」と言っていた。渋谷で何かあったのか？　スクランブル交差点……、青い服……、日の丸……、ハロウィン？　私がそう思うと、窓に映る紳士は首を傾げた。違うのか？「じゃあ、なんなんですか？」そう聞いても紳士は何も言わない。ただ私の答えを待っているようだ。うーん、わからない。ダメだ。頭が回らない。何も考えられない。眠い。とにかく眠い。

私の視界はカメラのシャッターが閉じるように小さくなり、怪盗ルパンのような紳士が消えた。

タクボク

この年、カップヌードルが発売四十五周年を迎えた。

世相といえば、円は一ドル百二十円あたりで、アメリカ大統領が広島を初訪問し、高卒四年目の選手がパ・リーグ・ベストナインで史上初の投手と指名打者のダブル受賞を果たし、女性新入社員のいたましい過労死がきっかけで、働き方が大きく見直され、暮れには国民的アイドルグループが解散した。

今となればこれらはすべて過去の話だ。これは過去を失った男と過去を捨てようとした男の話である。

この年の春、渡山《わたやま》は総合病院の売店で働いていた。

コンビニと同様に、飲み物、食品、雑誌、新聞等の販売を行っているが、おむつ、パジャマ、包帯、サポーター、医療用品、日用品、また外に買い物に行けない患者の要望に応じて適宜、商品を取り寄せたりもする。

幼《おさな》い女の子が患者二人を指差した。

「お兄ちゃんたち仲がいいの?」

点滴を引きずる患者と松葉杖《まつばづえ》の患者は互いを見合って照れ笑いした。パジャマがお揃《そろ》いなのだ。この売店には一種類しかパジャマを置いていないので、ここで買うとかぶってしまうことがある。松葉杖の患者が女の子にそのことを説明していると、また同じパジャマの患者がやってきた。

渡山はバーコードリーダーを商品に当てながら、「そろそろタクボクがやってくるころだ」と思い視線を棚へ走らせた。タクボクはもう来ていた。よれよれのTシャツに緑色のジャージにサンダル。病院の主のような白髪混じりの中年男はいつも夕刻にやってきてカップ麺を手に取りじっと見つめている。その物悲しい姿を見て、なぜか石川啄木《いしかわたくぼく》の『一握の砂』の歌、「〜じっと手を見る」が頭に浮かび、それでタクボクと呼んでいた。

カップ麺を見つめる姿は何かを覗いているようにも見えた。占い師が水晶玉を覗き未来を見ているようだった。

気がつくともうタクボクはいなくなっていた。いつもカップ麺を買うことはなかった。

ちなみに渡山はカップ麺には飽き飽きしていた。妻が出ていってから数ヵ月食事はカップ麺で済ませていたからだ。

閉店間際、客も少なくなったころあや子が来た。薬剤師をしている。あや子は渡山より二つ年上の三十二歳だ。お菓子を数個選んだ。精算を終えるとあや子はお釣りの小銭を募金箱に入れた。それを見て渡山は軽く咳払《せきばら》いをした。それは渡山とあや子とだけの合図だった。

渡山は仕事を終えるとワインを買ってあや子のアパートへ行った。

あや子はフライパンでパエリアを作ってくれた。あや子の料理は目分量ではなく薬剤師ならではは、しっかりと計量をする。味は抜群だった。米の炊《た》き具合もちょうどよかった。

渡山には別居中の妻がいた。

愛想をつかし妻のほうから出ていったのだから、あや子とは浮気という感覚はなかった。しかし、妻と別れてあや子と付き合う積極さはなかった。それはあや子だからではなく、仕事や生き方も同じようにそうであった。未来に対して夢見心地になれないのだ。

食後はあや子がハマっているという韓国ドラマを観た。一話が一時間半というのは渡山にとっては長く感じた。

ドラマの途中で、タクボクの特徴を話し、知っているかと聞くと、少し間があき、

「ああ、香川《かがわ》さんのことね」と言った。

二ヵ月前、バイク事故にあい海馬《かいば》を損傷。以来、事故前の記憶を失ったという。自分の名前も年齢も家族もわからない。思い出も消えてしまったらしい。

免許証から名前は香川淳三《じゅんぞう》。年齢は四十四歳とわかった。渡山よりも十四歳年上だった。

また、財布から手書きで『淳三用』と書かれたメモが出てきた。手がかりはそれだけだという。

「カップ麺を見つめる記憶喪失の男か」と渡山が呟くと、

「なんだか韓流ドラマの設定みたい」とあや子が笑った。

タクボクのことが頭から離れなかった。四十四年間の記憶が一気に消えてしまった。パソコンでいうとデータが消えてしまったということだ。

自分が誰かわからないとはどんな感情なのか。例えばタレントの名前が出てこなくて、もどかしいことがある。頭の中で、最初の一文字はなんだったか？　などわずかな引っかかりを探す。思い出せたときは安堵感が湧く。しかしタクボクはそんな引っかかりさえない。自分の顔を見ても誰かわからず、名前を教えられてもピンともこないのだ。どこに住んでいたとか、どんな思い出があるかなどすべて白紙なのだ。

帰宅すると封書が届いていた。そこには離婚届と「早めに返信ください」という箇単なメモが同封されていた。

妻は記憶を消去し未来へと歩もうとしている。

半年前、大学の先輩と起業した映像制作の会社が倒産した。SNSが次なる主力メディアになると確信した渡山は、数年前に動画共有プラットホームが閲覧数の多いユーザーを対象に広告収入を報奨金として与えるという話を聞き、起業に踏み切った。しかし、現実は厳しく、フォロワー数、回転数が伸び悩んだ。

それがきっかけでそもそも反対していた妻との仲がぎくしゃくした。現在、妻は大阪の実家に帰っている。最近は連絡も来なくなっていた。

妻は高校の同級生だった。バスケット部の選手とマネージャーという関係は、帰り道が一緒だったことから自然と交際へと進んだ。

学校と家の途中にコンビニがあった。そこが妻の実家だった。育ち盛りだった渡山は夕飯までもたず、そのコンビニで空腹を満たした。妻はこっそり売れ残った弁当やカップ麺をくれた。そんな思い出を妻ともう振り返ることはないだろう。

過去を思い出せない人。過去を思い出したくない人。世の中は後者のほうが多いのだろう。

タクボクには過去を振り返る妻や家族はいないのだろうか。入院してから病院を訪れた人はいなかった。

誰かに会っても顔すら覚えていないのに、カップ麺には心を惹《ひ》かれる何かがある。

渡山はタクボクにカップ麺を食べさせてみたいという気にかられた。

そう言えば、あや子はこんなことを言っていた。

「きっと懐かしいのよね。それがなぜかわからないけど、懐かしいという記憶だけが残っているんだわ」


渡山は早上がりの日、タクボクの病室を訪れてみた。

四人部屋の病室のネームプレートに香川淳三と書かれてあった。

タクボクはベッドから窓の外を眺めていた。記憶というかけがえのない財産を奪われ、無実の罪で牢獄にいるように思えた。

「いつも売店にこられてますよね」

タクボクは何も言わなかった。

「売店で働いています、渡山です」

タクボクは少し頭を下げただけで香川ですとは名乗らなかった。タクボクの中でまだ名前はないのだ。

「記憶が戻らないなんて、大変ですね」

「…………」

渡山はカバンに持っていたカップヌードルを差し出した。

タクボクは驚いた顔を見せ、ゆっくりと受け取った。

「食べてみますか？」

タクボクは何も言わずただカップ麺を見ていた。そして少し経って渡山の目を見た。

渡山はそれが食べてみたいという合図だと悟った。

渡山はカーテンを閉め、他の患者には見えないようにした。そして、カバンからポットを取り出した。タクボクは容器のビニールを破り、蓋を半分ほど開けた。それは記憶はないが体が覚えているといった自然な動作だった。

昔、父親が実家の電話番号は今も手が覚えているんだと言ったことを思い出した。

時計のストップウォッチが三分を知らせた。

渡山はフォークを渡した。

カップ麺を食べるとなにが起きるのだろうか。容器の蓋は過去を開ける蓋となるのだろうか。

そのとき、カーテンが開き、医師が入ってきた。

「あれ、売店の人？」

医師はカップヌードルに目をやった。渡山は取り繕おうとしたが、「なるほどね、食べさせるのもありかもね」と嘯《うそぶ》いた。

タクボクが食べる様子をビデオカメラで撮影することになった。

渡山と医師はタクボクの一挙手一投足を、固唾《かたず》を飲んで見守った。

タクボクはフォークで数本の麺をすくい静かに啜《すす》った。数回咀嚼《そしゃく》して飲み込んだ。それを繰り返し数分で麺を平らげた。

しかし、これといった変化は見られなかった。


翌日、研修医が売店にあるカップ麺全種類をレジに持ってきた。

「もしかして、これ香川さんの？」と聞くと、研修医は「一部、記憶が戻ったんです」

昨晩、タクボクがもう一度、食べたいと言ったので、医局で買い置きのカップヌードルを食べさせたところ、「友達とプールに行った……」と話したという。

それでいろいろな種類のカップ麺を試食してもらおうということになったという。

研修医から詳しく聞いたところ、小学校の同級生とプールに行った帰りにカップヌードルを食べたことを思い出したという。

「本当はラーメンを食べたかったけれど、お金が足りなくて仕方なくカップヌードルにしてたんだって、そんなことまで話したんです」

カップヌードルが発売されたのは一九七一年。タクボクがこどものころ、既にカップヌードルは発売され、世の中に普及していたので記憶と年代は一致する。

「なんで、最初に食べたとき、記憶は戻らなかったんでしょう？」

それについて研修医は何も言わなかった。


渡山は医師に「記憶の扉を開ける蓋はカップヌードルだったんですね」と言うと、医師は「実は味覚じゃないんだよ。記憶の蓋は匂いなんだ」と言った。

「最初に食べたとき、もう冷めていたでしょ、匂いを感じなかったから、何も起きなかったんだよ」

確かに渡山が食べさせようとした寸前に医師がやってきて、事情を話し、ビデオカメラを用意するまでに二十分は経っていたことを思い出した。既に冷めていて匂いはほとんどしなかった。


医師によると、匂いを感じる「嗅覚《きゅうかく》」は人の五感の中で唯一、思考や理性を司《つかさど》る大脳新皮質という場所を通さず、喜怒哀楽といった感情や本能的な行動を司る大脳辺縁系と直接つながっているという。その大脳辺縁系には海馬という記憶の保管場所のような器官があり、匂いを察知するとそれに関連づけられた過去の記憶やそのときの感情などが瞬時に呼び起こされるという仕組みになっている。

つまり嗅覚は脳の神経回路の構造によって、何の匂いかを考えるよりも前に記憶や感情が瞬時に刺激されて、香りを嗅ぐ→その香りをつけていた人の顔やそのときの感情が思い出される、といった現象が起こるという。

昔から人間は、自分たちの生命を守るためにいち早く周囲の危険を察知することが必要不可欠だった。暗闇の中でも獣の匂いに気づいて危険を回避したり、食べ物の腐敗具合を判断したり、生きていく上で重要な役割を果たしていた「嗅覚」は、その他の五感、視覚（見る）、聴覚（聴く）、触覚（皮膚で感じる）、味覚（味わう）に比べて、もっとも原始的かつ本能的な感覚とも言われているという。

渡山は医師にタクボクに付き添いたいと申し出た。

医師は渡山が元映像関係の仕事をしていたこととビデオ機材一式を持っていることですんなりと承諾してくれた。

渡山はタクボクの年齢ごとに流行《はや》ったカップ麺を取り揃え、試食してもらい映像に収めた。すると、やはり記憶の鍵が開いた。記憶は断片的に蘇った。

■まるか食品ペヤングソースやきそば（1978年、6歳の記憶）

父親にグローブを買ってもらい、キャッチボールをした。

当時、父親は阪急《はんきゅう》ブレーブスのファンでタクボクに山田久志《やまだひさし》のサブマリン投法を教えてくれた。
■マルちゃん緑のたぬき（1981年、9歳の記憶）
父親に連れられて初めてサウナに行った。タクボクはサウナに三分も入っていられなかったという。父親が平気な顔をして水風呂《みずぶろ》に入るのを見て、大人はすごいと思った。
■エースコックわかめラーメン（1983年、11歳の記憶）
冬休み、父親とこの年にオープンした東京ディズニーランドに行った。本当は夏休みに行くはずだったが、父親の仕事が忙しく半年後になった。


カップ麺を食べる度、鼻腔《びこう》に入り込んだ匂いが記憶の扉を開ける鍵となって、タクボクの消えていた人生が少しずつ蘇った。それは真っ白なアルバムにスナップ写真が貼られていくようでもあった。

カップ麺を食べる度、蘇るのは父親との思い出のみだった。それはタクボクが幼少のころ、一九七七年、母親が他界し、父親がひとりでタクボクを育てたことにある。父子家庭のタクボクにとって家庭の味はカップ麺だったのだ。

渡山は病室に足繁《あししげ》く通った。記憶が蘇る日もあれば、何も思い出せない日もあった。カップ麺を初めて食べたのが五月のことなので半年近くタクボクと時間を共にした。

日清《にっしん》ラ王を食べたときのことだった。タクボクはトラックの運転手をしていた記憶が蘇った。二十二歳（一九九四年）に始めたという。

タクボクは記憶の鍵が開く度、思い出として自分でそれを書き留めた。また毎試合、日本ハム・大谷翔平《おおたにしょうへい》の軌跡を記録した。毎試合、続けた。それは新しい思い出大谷と自分は同じ時代を生きているという証であった。

高卒四年目の今季は投手として十勝四敗、打者でも二十二本塁打を放ち、チームのリーグ優勝、日本一に貢献した。パ・リーグ・ベストナインで史上初の投手と指名打者のダブル受賞を果たし、賛否あった二刀流を証明した年となった。

記憶を失ったタクボクの過去は背景のない絵のようなものだ。自分が生きたその時代に何があったかを覚えているのはかけがえのない財産だとタクボクは言った。

そしてタクボクは渡山がカップ麺を食べさせてくれなかったら記憶が戻らなかったと感謝してくれた。その度に心が通っていき、次第にお互いのことを話すようになった。

渡山は妻と離婚したことを話した。

もう思い出したくない過去ですか？　とタクボクは聞いた。渡山はなにも答えられなかった。高校時代に妻と出会い、交際が続き、結婚。タクボクはそんな思い出があるのが羨《うらや》ましいと言った。

タクボクの人生の中でひとつだけ蘇らない記憶があった。

それは一九九七年、二十五歳の年の記憶だ。戸籍を調べると父親はその年に他界していた。

タクボクがどうしても知りたかったのは、父親の人生は幸せだったのか？　自分は父親を看取れたのか？　ということだった。そのころ、タクボクはトラックの運転手をしていた。

渡山は一九九七年前後に発売されたカップ麺を集めた。

タクボクは祈る気持ちでカップ麺に鼻を近づけゆっくりと香りを吸い込み、麺を啜った。目を閉じ何度も咀嚼した。それはタイムスリップする儀式にも見えた。

「どう、何か思い出した？」

「…………」

すべてを試食したが記憶は蘇らなかった。記憶の鍵が合わないのだ。

あや子に相談すると、もしや発売中止になっているのではと言った。

カップヌードルのようにいまだに人気のカップ麺もあれば、もう発売中止となったカップ麺もある。タクボクにとって発売中止は過去が永遠に消えるということだった。

渡山は製造中止されたカップ麺を調べては製造元に問い合わせた。やはりほとんど在庫は存在していなかった。

しかし、希望はむこうからやってきた。ある発売元が、お役に立てばとレシピを提供してくれた。

レシピを元にあや子が再現してくれた。薬を調合するようにミリグラム単位で材料を測り、二人で何度も試食した。麺は小麦粉の配合を繰り返し、コシ、太さを念入りに再現した。

そして製造中止されたカップ麺の復元が出来上がった。「壊れたタイムマシンを修理したみたいだ」とあや子が言った。渡山は「そうだね」と言い、静かに抱擁《ほうよう》した。

いよいよ試食である。容器に麺を入れスープを注いだ。蓋をして五分待つ。

容器から湯気と一緒に匂いが立ち込めた。

タクボクは祈るように香りを嗅ぎ、麺を啜った。

麺を啜りながら何度も洟を啜った。気がつくとタクボクは泣いていた。


一九九七年九月二十日。

心臓を患い入院をしていた父親の容態が悪くなった。知らせを聞いたタクボクはすぐに駆けつけた。そして息子の到着を待っていたかのように父親はタクボクの手を握りながら眠るように亡くなった。

後日、タクボク名義の預金通帳が出てきた。そこには息子から送られた仕送りが手付かずで預金されていた。

また台所の戸棚から袋に入ったカップ麺が数個出てきた。そこには『淳三用』と父の文字で紙が貼ってあった。

タクボクが大切に財布に入れていたメモはそれだったのだ。

ある日、タクボクは「渡山さんは大阪出身ですよね？」と言った。

「大学までずっと大阪でした」

「日清のどん兵衛《べえ》は関東と関西で味が違うんですよ」

一九七六年に業界初となるどんぶり型容器でどん兵衛がデビューした。当初から東日本と西日本でつゆの味には違いがあったという。

どうりで、と渡山は思った。東京で食べた日清どん兵衛は味が濃く感じられ、それ以来、口にすることはなかった。自分の味覚は合っていたのだ。

タクボクは日清どん兵衛を差し出した。

容器の日清のロゴの横にWと記されてあった。

「大阪から取り寄せたんです。食べてみませんか？」

渡山は言われるがまま日清どん兵衛に箸を入れた。

箸で麺を上下させると湯気が立ち込めた。

出汁《だし》の香りが鼻腔に忍び込んだとき、澄んだ気持ちが湧いてきた。渡山は麺を啜った。

出汁の色が薄い。一口スープを飲むと、甘味が広がり、カツオと昆布出汁の旨《うま》みが後からやってきた。口の中に懐かしさが蘇った。

「この味だ」

「そうです。これが渡山さんが食べてきた味ですよ」

渡山は一心に食べた。

すると、滲《にじ》んだ視野の向こうに人影が見えた。無数の匂いの粒子が立ち上り、点画を創《つく》るようにセーラー服の少女が現れた。少女は渡山に向かって微笑んだ。それは出会ったころの妻だった。

麺をすする度、出汁を口に含む度、夕焼け色の思い出が蘇った。

部活の帰りコンビニに寄ると妻が売れ残った弁当や惣菜《そうざい》を父親に内緒でくれた。その中にいつもどん兵衛があった。

『世界に一つだけの花』のメロディーがふと浮かんだ。その年、妻が好きだったSMAPのこの曲を何度も二人で聴いたのだ。

渡山は無意識のうちに大切な記憶に蓋をしていたことに気づいた。

時折、咽《むせ》ぶのは湯気のせいなのか、涙のせいなのか。

喪失していた大切な記憶は、もう取り戻せないであろう、初めて好きになった人とのかけがえのない記憶だった。

渡山は今度こそ新しい思い出を大切に記憶しておこうと決めた。

弔辞

Zの訃報《ふほう》が届いたのは、若手ロックバンドの取材の帰りだった。

長年、闘病をしていたのは知っていた。昨晩、容態が急変し明け方に亡くなったと所属先の社長から連絡があった。

「アイツのこと嫌いだろうけど一応報告しておく。アイツらしい最期だったよ」

皮肉とも取れる言葉に苦笑いし、真っ先に知らせてくれたことに感謝した。

Zは九〇年代を代表するロックスターだった。

上出《かみで》は心の中で、今取材した若手ロックバンドの彼らとZの音楽人生は対位法を用いることで協和するかを考えてみた。ロックを奏《かな》でる者同士、協和音程、不協和音程を織り交ぜながらどこかで協和するかどうかだ。答えはNOだ。

上出は音楽ライターを始めて三十年近くになる。その間、音楽シーンは見違えるほど、姿を変えた。それはCDからストリーミングの時代になったという物理的なことではなく、ミュージシャンたちの生き方のようなことだった。歴史は王が誕生し、君臨し、失脚し、それを繰り返してきた。音楽界も入れ替わり立ち替わりスターが現れた。スターが入れ替わるのは才能が尽きたわけではない。大衆の好みが変わったからである。価値観、モラル、常識が変化し、それに対応する者に時代は味方した。変化を拒《こば》む者は取り残された。大衆はそれをスターと呼んだり、落魄《おちぶ》れたと言ったりした。

Ｚは変化を拒んできた者だった。Ｚが叫んだ自由、権力への怒りは、懐かしのロックというビンテージになり、あのころの熱狂はオヤジたちの回顧録になった。その象徴だったＺは一部の熱狂的な信者を除き、落魄れた過去の人になった。しかし故人になるとＺの死は伝説のロックスターの死となりネットを駆け巡りトレンドに入った。同世代のミュージシャン、往年のファンが彼の死を悼んだ。

上出がＺの音楽に出会ったのは高校一年のときだった。上出はテレビから流れてくるヒット曲には馴染めず、みんなの音楽じゃない音楽を探していた。

そんなとき、ロック好きの叔父からレコードをもらった。その中にジャケットからオーラを感じる一枚があった。針を落とした瞬間、心に稲妻が落ちた。これはみんなの音楽じゃない。誰にも媚《こ》びず、我が道を行く音楽に出会った。上出は彼らの我が道を追いかけ、やがて捻《ひね》くれ者のロック少年は音楽ライターになった。

プロの物書きになり、Ｚの音楽性の系譜を辿っていくとさまざまなロックスター、バンドを知れた。それを貪《むさぼ》るように聴きまくった。世界には素晴らしいロックが死ぬほどあることがわかった。ギター少年が好きな曲をコピーするように、上出は好きなロックを文章にした。奏でた上出の文章はロックファンに評価された。

ミュージシャンの取材も多くなった。あるとき上出の存在をZが知り、ニューアルバムの取材ライターとして指名された。

ホテルのスイートルームにZはいた。ヒョウ柄の毛皮の下に赤いシャツ。ボタンを三つ開けたシャツの隙間から神経質そうな鎖骨が見えた。肩まである髪の毛はしなやかなカールを作っていた。ティアドロップタイプのサングラスはピンク色のレンズで、その奥の瞳は上出を睨みつけていた。

Zは上出とカメラマンが挨拶したところで一発カマしてきた。

「テメエらライターとかカメラマンは被写体がいないと商売にならねぇよな。オレたちがいないと、なにもできない。だから好きには書かせねぇからな」

上出はZのカマしにぞくぞくした。これまでに会った中で一番ロックを感じた。この上ないロックスターだった。そして野心家で高慢で居丈高《いたけだか》な男だった。

上出の質問には答えず、自分の言いたいことだけを喋った。

普通の取材者なら青ざめてしまうところだが、上出は我が道しか歩かないZを生で見ることの喜びのほうが大きかった。上出は嬉しくなり、わざとZが顔をしかめるような質問をした。

「今回のアルバムのコンセプトは？」

「知らねー」

「オーディエンスにメッセージを」

「ねぇよ」

「このアルバムを誰に聴いてもらいたいですか」

「クソみてぇな質問するんじゃねーよ」と吸っていたタバコを投げつけた。千度の赤い火の塊が頬をかすめ壁に当たり落ちた。上出は微動だにしなかった。

慌てて所属先の社長が止めに入り、そこで取材は終わった。

帰り際、Ｚが、

「オレの頭の中に客席があって、そこで同年代のロックを愛する観客が熱狂し、応援している。オレはいつもそいつに向かってプレイしている」

かなり唐突に言い、これ絶対書けよと居丈高に言い放ち去っていった。

上出は飛んで帰り、その日のうちに記事を書き上げた。ロックスターとの緊張感がたまらなかった、Ｚの高慢さが美しかった、Ｚの危険な瞳は破壊的にもかかわらず高貴だった。そんな衝撃を余すところなく文字にした。

所属先の社長から、記事を読んだＺがご満悦だったと電話が来た。

直接、本人から言わないところがZらしいと思った。

他のミュージシャンの頭の中の客席には一体、どんな客がいるのだろうと想像しながら取材するようになった。

モテたいヤツ、有名になりたいヤツ、金が欲しいヤツ、カリスマになりたいヤツの客席にどんな客がいるのか、上出が音楽に触れるとき、いつもそれを考えるようになった。それは偽物を見分けるリトマス試験紙となった。Zが本物であるかどうかは別の話だった。

権威に屈しない反骨のロックスターという世間の映り方と裏腹にZは臆病者《おくびょうもの》だった。あのときに見たトレードマークのティアドロップタイプのサングラス越しの瞳は怯えているようだった。

ライブの打ち上げでのことだった。上出はZのファンだった地元の後輩を誘った。後輩はZのロゴが入ったお気に入りのキャップをかぶり、目一杯、不良を気取った装いでやってきた。それが憧れのZに対する礼儀だと言った。

ライブを観られるだけでなく、打ち上げにも参加できると後輩は舞い上がっていた。

打ち上げ会場は古びたパブだった。薄暗い、ネオン管、ゆらめく白い煙、床に散らかる吸い殻、落花生の殻。ライブを終えたばかりのメンバー、スタッフ、親しい仲間たちが集った。後輩は緊張しながらもZの到着を待っていた。

そこへZが現れた。上出と後輩の前に座った。後輩は即座に立ち上がりキャップを取り一礼した。Zはそれを無視した。Zはスタッフの差し出したライターでタバコに火をつけ、瓶のままビールを飲んだ。憧れのZを目の前にして後輩が緊張しているのが手に取るようにわかった。後輩はそれを悟られないようにとキャップを深々とかぶった。するとZは何を思ったのか後輩のキャップのツバを手で弾《はじ》いた。キャップは飛んでいった。

後輩は呆気に取られ、動けずにいた。

Zは笑っていた。上出はあまりにも理不尽な行動に腹が立ち、「拾えよ」と言った。

Zはその言葉で火がつき喧嘩をふっかけてきた。互いに言葉を発するごとに、岩に波がぶつかるようにぶつかり合った。

Zの「表に出ろ」の台詞《せりふ》で上出も腹を決めた。後輩をバカにされたのだ。今後、出入り禁止になろうが見過ごすわけにはいかない。

前を歩くZは無防備だった。今から喧嘩をするとは思えないほど隙だらけだった。

Zはポケットに手をツッコみ、上出を下から上へ、上から下へと舐め回すように見たが自らは手を出そうとしなかった。

結局、社長が割って入り収まった。それでもブツブツ言っているZの眼は虚勢そのものだった。

ライブの一件の数ヵ月後、上出は配信ライブのインタビュアーを頼まれた。相手はZだった。上出は仕事と割り切り引き受けた。Zの新譜を念入りに聴き、質問項目を頭に入れた。生配信はミュージシャンとライターの真剣勝負であり、セッションでもある。

その日、本番を待つ上出の楽屋にZがやってきた。上出は一瞬、身構えたが、「この間は本当にすみませんでした。今日はよろしくお願いします」とまるで別人のように非礼を詫び、頭を垂れた。

ロックスターとは思えない丸い小さな背中だった。

しかし、生放送が始まるとZはいつもの野心家で高慢で居丈高な男に戻っていた。

「うるせーんだよ。理屈っポイこと言うんじゃねぇよ」と喧嘩をふっかけてきた。

終始、ロックスターを気取り、不機嫌な態度だった。

サングラスの奥の瞳は怯えていた。

所属先の社長から二度目の連絡があったのはZの死から二ヵ月経ったころだった。

近日、Zのお別れ会があるという。上出はそこで弔辞を頼まれた。もちろん、断った。彼を語る資格はないと思ったからだ。しかし社長はZの遺言だと言った。アイツに書く最後の記事だと、半《なか》ば強引に押し切られた。

お別れ会の日、上出は遺影の前に立った。

「長きにわたる闘病生活の中で、ほんのわずかではありますが回復に向かっていたのに、本当に残念です。あなたはすべてがロックでした。あなたはロックかどうかで物事を捉えていました。あなたはカリスマでした。ステージに立つと観客のボルテージは跳ね上がり、激しいモッシュが巻き起こり、演奏が中断されるほどに白熱したライブでした。あなたはすべての権威にたてつき、その怒りを音楽にぶつけることで命を燃やしていました。破壊的にもかかわらず、それを圧倒する美しさがありました。破壊と美の共存、その奇跡こそが、あなただった気がします」

言葉のひとつひとつは上出の本心だった。

「あなたはロックについて確固たる信念がありましたね。ロックは目指すと逃げていくもの。あくまでロックは事件だ。だからロックは目指しちゃいけない。それがあなたの生き様でした。あなたはステージの上でも、日常でも変わらずかっこよかった。あなたを見ていてわかった。ロックは音楽のジャンルなんかじゃない、ロックとは生き様であるということを」

時代がいくら変わろうと虚勢を張り続け、ステージという煌《きら》びやかな宮殿で王として君臨し続ける。これこそがロックスターの姿なのだ。

虚像で成り立つ世界に、屈折した光線を当て、虚像を実像に見せかけるのがロックスターという王の使命なのだ。


遺影のZはカッコよかった。

「最後に、今日、あなたに渡したいものがあります」

上出はそう言うと上着のポケットを探った。次に内ポケットを探った。そしてズボンのポケットを探った。

「ありました。最後にこの言葉を贈ります」

そう言って上出はポケットから中指を立てた手を出し遺影の前に突き立てた。

「ファックユー」

あとがたり

樋口　ついにここまで来ましたね。本当におつかれさまでした。多い時で二週に一度集まって作ってきた、アルバムのような作品でした。そもそものきっかけは二〇〇六年の舞台「6人の放送作家と1人の千原ジュニア」でジュニアさんと二人で何かをするというのが自分にとってとても刺激だったことと、我々が携わるメディアが変化してきている中で振り返った時にマイルストーンになるものができたらなという思いでした。ジュニアさんはどうでしたか？

ジュニア　おつかれさまでした。コント作りだったりと比較して、「まったく想像がつかなかった」ということはなかったですね。映画やドラマを自分が作るとしたらこういう方法なのかなぁと思ったりしてました。最初に決めてたのは自分のなかで出し惜しみや加工をせず、そのままお話しするということ。どうしてもお客さんを前にすると形を整えてしまいますが、それは樋口さんにお任せしようと思ってました。

樋口　本作は、語っている様子をジュニアさんのYouTubeチャンネルで先にあげていただいていました。語りが物語になり、小説という形になるという新しい試みでしたね。本当に一冊の本になるのかという不安もありましたが、動画としても、他の動画でジュニアさんがバイクの納車をニコニコ楽しみにしているのを見ると再生回数が不安になります（笑）。

ジュニア　人に見られる気ゼロでしゃべってますもんね。それがそのまま動画になるというのはこれまでなかったです。最初の頃は、あんまり自分がだーっとしゃべり続けても違うんかなぁと思って様子見な部分がありましたが、二、三回目から

「あぁこういう感じかな」というのがつかめてきました。「余白」を用意して話すという感じといいますか。それが小説では「あぁこういう形になるんや」というのは驚きでしたね。

樋口　叩き台を書いている時は孤独な作業だったのですが、ジュニアさんが食材を提供してくれる人だとしたら、自分は料理人としてお客さんに美味しいと言ってもらう前に、「生産者に褒められたい」と思ってキーボードを叩いてました。

ジュニア　駐車場に置いてあるベビーカーの話を刑事の側から描いたり、「タクボク」で言えば、自分は記憶をなくした方の話しかしてなかったのに、謎を探る側の人間をあぁいう風に描いたりというのはまったく思ってもなかったです。

樋口　自分はこれまで私小説的というか自分の周りにある題材を使って小説を書いてきたので、島の奇祭エピソードだったりはまったく想像もしていなかったんですよ。発想のタネがなかったことがジュニアさんとの語りで花開いたのは面白かったです。あとは毎回収録のあとの食事も刺激的でした。あれは本作の中で欠かせない時間だったなぁ。

ジュニア　あそこまで含めての会議でしたよね。カメラを回してないけれども、大事な話は飛び出すというね。

樋口　ジュニアさんが五十歳、自分が六十歳という節目に無事マイルストーンを置くことができました。十年前とは違う「今」の空気感も詰め込むことができたと思うのですが、ここからどんなことをしていきましょうか。

ジュニア　ぼくはこれを読んでくれた皆さんに面白がってもらいたいのはもちろんなんですが、この小説を素材にして各クリエイターと一緒に大きくしませんかと言いたいですね。映像でも音楽でも、ここからいろんな方向にさらに広がっていってくれたら嬉しいなと思います。

参考文献

『三流シェフ』三國清三　幻冬舎

『供述によるとペレイラは……』
アントニオ・タブッキ／須賀敦子訳　白水社

※この物語はフィクションです。
実在するいかなる個人、団体、場所などとも
一切関係ありません。

千《ち》原《はら》ジュニア

1974年京都府生まれ。1989年、兄せいじとコンビ「千原兄弟」を結成。1994年、ABCお笑い新人グランプリ優秀新人賞を受賞。『にけつッ!!』『千原ジュニアのへべレケ』『千原ジュニアの座王』など多くのレギュラー番組を持ち、YouTubeチャンネル「千原ジュニアYouTube」は登録者数65万人を超える。2006年に「6人の放送作家と1人の千原ジュニア」において樋口卓治演出の「子別れ」を披露した。

樋《ひ》口《ぐち》卓《たく》治《じ》

1964年、北海道生まれ。2012年、小説『ボクの妻と結婚してください。』で作家デビュー。舞台、ドラマ、映画化。ドラマ『離婚なふたり』(テレビ朝日)で脚本家デビュー。『共演NG』(テレビ東京)で第106回ザ・テレビジョンドラマアカデミー脚本賞を受賞。放送作家として『さんまのSUPERからくりテレビ』『学校へ行こう!』『笑っていいとも!』『ヨルタモリ』『日本人のおなまえっ!』など多数担当。

物語る《ものがたる》

二〇二五年二月一七日　第一刷発行

著者　千原《ちはら》ジュニア
　　　樋口《ひぐち》卓治《たくじ》

発行者　篠木和久

発行所　株式会社講談社
東京都文京区音羽二−一二−二一
郵便番号　一一二−八〇〇一
電話　出版　〇三−五三九五−三五〇六
　　　販売　〇三−五三九五−五八一七
　　　業務　〇三−五三九五−三六一五

本文データ制作　講談社デジタル製作

印刷所　株式会社KPSプロダクツ

製本所　株式会社国宝社

KODANSHA

ISBN 978-4-06-538562-3
N.D.C.913 223p 19cm